Annemarie Bruhns

rben

Roman

Impressum

c/o autorenglück.de
Franz-Mehring-Str. 15
01237 Dresden
kontakt@annemariebruhns.de
www.annemariebruhns.de

13-stellige ISBN: 978-3-96966-887-0

1. Auflage

Druck: Bookpress.eu, Polen
Bestellung und Vertrieb: Nova MD GmbH, Vachendorf

Covergestaltung: Catherine Strefford
www.catherine-strefford.de
unter Verwendung eines Fotos von
© julian geisler-wegwerth/EyeEm/Adobe Stock
Lektorat: Susanne Schwartz, Text & Gestalt Berlin
Autorinnenfoto: Marco Riedel

Zwischen Scherben

Über das Buch: David lebt eine Illusion. Niemand weiß, dass er die Nächte in einer Ruine im Wald verbringt. Dass seine Familie ihn verstoßen hat. Seine Mitschüler und seine Lehrer sehen nur, was er ihnen erlaubt zu sehen. Aber nichts ist schwerer, als sich selbst zu täuschen. Stück für Stück zerbricht David daran, ein fremdes Leben, den Traum eines geliebten Menschen, zu leben, weil ihm der Glaube an sich selbst fehlt.

Über die Autorin: Annemarie Bruhns ist Jahrgang 1985 und lebt in Brandenburg. Schreiben ist für sie die Flucht aus dem Alltag. Aber nicht als Reise in fremde, fantastische Welten, sondern zu den Problemen ihrer Protagonistinnen und Protagonisten, die nach Schicksalsschlägen im Leben ihren Weg suchen. Die Erschaffung und Entwicklung von Romanfiguren mit ihren Gefühlen, Träumen und Zweifeln ist ein einzigartiges Erlebnis und steht im Mittelpunkt ihres Schreibens.

Es braucht Vertrauen und Mut, sich selbst das Erinnern
zu erlauben.
Bessel van der Kolk

Achte auf dich!

Davids Handlungen sind impulsiv und
selbstzerstörerisch.
Sei du nachsichtig mit dir und schreie laut um Hilfe,
wenn es dir schlecht geht.
Schlucke deine Gefühle nicht hinunter, sondern teile
deine Sorgen und Ängste.

David ist fiktiv.
Aber du bist real.

Bundesweite Hilfehotline
Tag und Nacht
116 123

KAPITEL 1

David

Sein wackeliges emotionales Gerüst war zusammengestürzt und er lag unter den Trümmern. Tief sitzende Erschütterungen hatten die ursprüngliche Festung seiner Existenz zerstört. Übrig geblieben war ein kläglicher Rest seines früheren Selbst, das in einem Schlafsack in einem heruntergekommenen Bungalow lag. Eine leere Hülle, das ausgeschlachtete Überbleibsel einer ehemaligen Ferienanlage aus lange vergangener Zeit, das er als Unterschlupf nutzte. Vergessen und verwittert mitten im Wald. Regen drang durch die offene Fensteraussparung und tiefes Grollen kündigte ein aufziehendes Gewitter an. Der Innenraum war kaum größer als eine Abstellkammer. Von der Mitte aus konnte er mit ausgestreckten Armen die Wände berühren. Aber es war genug Platz für seine Isomatte, die einzige Polsterung und Wärmeisolierung, die er dem Betonboden entgegensetzen konnte. Der Putz bröckelte vom Mauerwerk, aber die kreativen Obszönitäten und feindlichen Parolen, die nächtliche Besucher hinterlassen hatten, waren gut lesbar geblieben. Seine Mitbewohner waren bedeutend kleiner als er und krabbelten zahlreich und auf sechs Beinen. Für sie war die verfallene Baracke die optimale Bleibe.

David zog die Arme enger an seinen Oberkörper. Umschlang sich und versuchte sich Halt zu geben. Mit den Händen fuhr er kräftig am Körper auf und ab in dem Versuch, Wärme zu erzeugen. Er trug nur Boxershorts, seine wenigen Kleidungsstücke sollten nicht noch mehr strapaziert werden, und er wollte wenigstens Schlafgeruch und muffigen Nachtschweiß von ihnen fernhalten. Laut Etikett war der Schlafsack bis zu fünf Grad Frost nutzbar, aber David war sich nicht sicher, ob die Information nicht nur Marketingzwecken diente. Er fror erbärmlich. Wahrscheinlich kam die Kälte aus seinem Innern und ließ sich nicht mit Stoffschichten vertreiben. Er wälzte sich hin und her. Die Zeit vor dem Einschlafen traf ihn immer am härtesten. Allein mit seinen Gedanken war er selbst sein größter Feind und nichts gebot seinen Selbstzweifeln Einhalt. Das Stimmengewirr in seinem Kopf quälte ihn. Höhnisches Gelächter, boshafte Glückwünsche zu seinem Versagen und enttäuschtes Kopfschütteln kämpften um seine Aufmerksamkeit. Er konnte mittlerweile verstehen, dass Obdachlose eine Flasche oder eine Nadel griffbereit hatten, aber diesen Weg wollte er nicht gehen und hatte ohnehin kein Geld dafür. Auf ihn warteten die Scherben auf dem Fenstersims. Noch versagte er sich seinem endgültigen Scheitern und klammerte sich an das Versprechen, das er sich selbst gegeben hatte.

Seufzend änderte er abermals seine Position, rollte sich auf den Rücken und starrte aus dem zerstörten Fenster gegenüber. Er bettete seinen Kopf auf die angewinkelten Arme und verfolgte das Wetterschauspiel. Die sommerlichen Temperaturen des Maitages waren unangenehm gefallen. Aber Gewitternächte zwangen ihn auf schlimmere Weise in die Knie. Das anschwellende Grollen erschütterte die Abwehrmauer in seinem Kopf, hinter der sorgfältig alle Erinnerungen weggesperrt waren. Blitze erhellten die bekritzelten Wände für kurze Augenblicke und schlugen kleine Löcher in seinen Schutzwall. Einzelne Bildsequenzen drängten sich hindurch und eine Träne rann quälend langsam seine Wange hinab. Er presste die Kiefer fest aufeinander, um sich gegen die aufkeimenden Emotionen zu wappnen. Mit ganzer Konzentration drängte er alles zurück, was sich anbahnte, um nicht in eine Zeit entführt zu werden, in der er glücklich und unbeschwert gelebt hatte. Rücksichtslos und egoistisch trifft es besser, schalt er sich. Der Wechsel von zuckendem Licht und Donner intensivierte sich und einzelne Steine der Barriere bröckelten in seinem Kopf. Erinnerungen bedeuteten Hoffnung, und Hoffnung erlaubte er sich nicht. Selbst wenn er mit sich allein war, gab er dem Wunsch zu träumen nicht nach, denn es wäre doch nur eine Illusion, und irgendwann musste er wieder erwachen. Und dann wäre er immer noch allein.

Vor Wut auf seine eigene Schwäche zitternd, zog er einen Arm unter dem Kopf hervor und griff nach seinen Kopfhörern. Den Stecker verband er mit der kleinen Buchse am Smartphone und drückte die gepolsterten Muscheln fest auf die Ohren. Der Akku des Telefons würde nicht bis zum Morgen reichen und er riskierte, ohne Wecker zu verschlafen, aber er brauchte jetzt Ablenkung. Er wählte aus dem Musikvorrat ein Album von Nirvana, drehte die Lautstärke auf Maximum und schloss sich, seine Erinnerungsfetzen und seine Umgebung aus.

Sonnenstrahlen drangen in das Innere des Betonklotzes, als er erwachte. David stöhnte lautlos, während er sich auf den Rücken drehte und Bewegung in die steifen Glieder brachte. Es hatte noch lange gedauert, bis er in den Schlaf gefunden hatte, und er fühlte sich gerädert. Das Display des Smartphones war wie erwartet dunkel und damit seine einzige Quelle für die Uhrzeit versiegt. Auch wenn er diesen Schlafplatz jetzt seit einigen Wochen belegte, konnte er immer noch nicht am Stand der Sonne ablesen, ob er es rechtzeitig zu Unterrichtsbeginn zur Schule schaffen würde. Trotzdem beeilte er sich nicht, sondern verfolgte wie in Trance seine morgendliche Routine. Routine war alles, was ihm geblieben war. So würde er sich auch an diesem Dienstag in vier Blöcken durch zähen Unterrichtsstoff kämpfen und anschließend Bücher in der Bibliothek einsortieren.

David schlüpfte barfuß in ein Paar abgelaufene Sneakers, trat in den kleinen quadratischen Flur, nahm sich eine PET-Flasche und ging nach draußen. Er goss sich von dem abgefüllten Seewasser auf die Hände, wusch sich das Gesicht, putzte die Zähne und kehrte zu seinem Schlafplatz zurück. In seiner Tasche fand er noch ein Paar frische Socken und zog Jeans und T-Shirt über, bevor er wieder in die Schuhe glitt. Die Luft nach dem nächtlichen Regen war frisch und er zog eine leicht wattierte Steppjacke über. Um keine sichtbaren Spuren zu hinterlassen, rollte er den Schlafsack und die Isomatte zusammen. Sorgfältig verstaute er seine Habseligkeiten in einer Sporttasche und versteckte alles in einem kleinen Hohlraum unter den Resten einer morschen Holzterrasse, in deren Mitte flache Betonstufen zum Eingang des Bungalows führten. Dort waren seine Sachen halbwegs sicher und durch die Überreste eines Vordachs vor Witterung geschützt. Nach einem prüfenden Blick schulterte er seinen Rucksack und trat zurück in den Flur. Im einzigen anderen Raum seiner zwölf Quadratmeter großen Zuflucht lehnte sein Mountainbike an der Wand. Er lenkte es vorsichtig durch die schmalen Türaussparungen ins Freie.

Der Waldboden war nach dem Unwetter aufgeweicht und er fuhr vorsichtig. Zahlreiche Wege führten durch den dichten und hoch gewachsenen Mischwald. Nicht selten begegnete er einem Jogger oder Spaziergängern mit Hund, aber außer einem kurzen Nicken gab es keinen Kontakt. David war das recht und er konzentrierte sich auf den rutschigen Untergrund. Nach wenigen Kilometern erreichte er den Radweg entlang der Landstraße und folgte ihm auf direktem Weg ins Dorf. Die digitale Anzeige der Tankstelle verriet ihm, dass es bereits nach acht Uhr war. Zu spät, um pünktlich zum ersten Block im Klassenzimmer zu sitzen.

Er unterbrach seine Fahrt am Supermarkt und stellte sich beim Discountbäcker an. Der junge Mann vor ihm in der Schlange bestellte einen Kaffee zum Mitnehmen und David fluchte leise, als der herbe Geruch ihn traf. Er konnte dem Drang nicht widerstehen und bestellte ebenfalls einen heißen Kaffee. Zugunsten der teuren, unplanmäßigen Ausgabe verzichtete er auf ein belegtes Sandwich und begnügte sich mit einem trockenen Brötchen. Sonst trank er die ungenießbare Automatenbrühe in der Schulkantine, aber an Tagen wie diesem, an denen ihm die Nacht noch in den Knochen steckte, wurde er bei dem köstlichen Duft schwach. Er suchte sich einen Platz an einem der freien Tische mit Zugang zu einer

Steckdose. Aus dem Rucksack holte er das Ladekabel hervor und schloss das Smartphone an. Mit beiden Händen umschloss er die aufgewärmte Tasse und überlegte sich eine brauchbare Ausrede für sein Zuspätkommen, während er kleine Schlucke nahm. Die Wärme des Getränks und des Sitzplatzes machten ihn angenehm müde und er musste sich anstrengen, die Augen offen zu halten.

Nach dem zweiten prüfenden Blick des Kassierers stöpselte er das Handy ab und verließ den Laden. Er schwang sich auf sein Fahrrad und trat mechanisch in die Pedale. Es war erstaunlich, wie fit er durch seine neue Lebensweise geworden war. Er hatte schon immer regelmäßig Sport getrieben und in Mannschaften trainiert, aber er war kein Fitnessfreak. Er hatte nie Probleme mit seinem Gewicht gehabt und die Kilos hatten sich gut über seine hochgewachsene Statur verteilt, aber mittlerweile war seine breite Schulterpartie das Einzige, was sein Shirt ausfüllte. Wenig Schlaf, viel Bewegung und mangelhafte Ernährung hatten deutlich Spuren hinterlassen. Seine dunkelblonden Haare fielen ihm tief in die Stirn und ein Friseurbesuch war notwendig. Der Blick seiner grauen Augen kam ihm abgestumpft vor, wenn er zufällig in den Spiegel sah. Seine Mitmenschen schienen die Veränderungen nicht wahrzunehmen. Schlimmer noch schienen sie zu denken, sie wüssten den Grund dafür und fragten lieber nicht nach. Unangenehmes zu verschweigen, lag anscheinend eher in der Natur der Menschen, und David war es nur recht. Eine ernst gemeinte Frage nach seinem Befinden würde er ohnehin nicht ehrlich beantworten können.

Er durchquerte das Schultor. Das gelbe zweistöckige Gebäude mit Satteldach ließ er rechts liegen und rollte auf die Fahrradständer am anderen Ende des Hofes zu, als der Pausengong ertönte. Sofort setzte ein monotoner Geräuschpegel ein, dominiert von schnellen Schritten und Gesprächsfetzen, die nach draußen drangen. David schloss das Fahrrad an, straffte sich unwillkürlich und betrat das Gebäude durch den Mittelgang zwischen Haus eins und zwei. Er nickte einigen Schülern aus seinem Jahrgang zu, sprach aber mit niemandem und ging zielstrebig zum Treppenaufgang. Er hatte das erste Stockwerk fast erreicht, als er mit einem festen Klopfen auf die Schulter gestoppt wurde.

„David, ich dachte schon, du tauchst heute gar nicht auf."

David zwang sich ein Lächeln ins Gesicht, bevor er sich zu seinem Mitschüler umdrehte.

„Luke, du weißt, manchmal ist die Schwerkraft eines Bettes einfach zu übermächtig."

Der Angesprochene lachte und das Mädchen mit dem blonden Pferdeschwanz neben ihm rollte mit den Augen.

„Schröder war not amused", kommentierte sie und überreichte David ein Buch. „Es ist mal wieder Shakespeare-Zeit und wir sollen den „Sommernachtstraum" bis nächste Woche lesen."

„Danke Finja."

David nahm die gelbe Reclam-Schulausgabe entgegen und nickte zur Bestätigung.

„Bist du heute Nachmittag beim Training dabei? Samstag ist Heimspiel und wir könnten dein sicheres Zuspiel gut gebrauchen."

Davids Lächeln wurde gequält. Er hätte die Volleyballmannschaft der Schule gern unterstützt, musste aber arbeiten und konnte sich nicht erlauben, eine Schicht ausfallen zu lassen.

„Tut mir leid. Ich muss …“

„Arbeiten?“, fiel Finja ihm ins Wort und verbarg ihre Enttäuschung nicht. „Solltest du nicht mal etwas Schönes am Wochenende machen?“

David nickte nur, blieb ihr aber eine Antwort schuldig.

„Aber du kommst zur Party.“

Luke fragte nicht, sondern bestimmte und ließ so gar keine Absage zu. Nach kurzem, unangenehmem Schweigen hob David die Hand zum Abschied und wandte sich zum Gehen.

Luke und Finja waren Zwillinge. Zweieiig, wie sie immer betonten, und tatsächlich konnten sie vom Wesen nicht unterschiedlicher sein. Luke war intelligent, spielte aber lieber den Klassenclown. Er lebte voll und ganz im Jetzt und verschwendete keine Gedanken an die Zukunft. Finja dagegen war in der Schülervertretung, setzte sich mit brennendem Eifer für verschiedene Initiativen ein und arbeitete ehrgeizig für einen guten Abschluss. Verbunden waren die Geschwister durch ihre Leidenschaft zum Volleyball, und sie hatten David gleich an seinem ersten Tag in der neuen Schule für die Mannschaft eingespannt. In der alten Heimat hatte er Basketball gespielt, aber er war nicht wählerisch, was den Ballsport anging, solange es nicht Fußball war. Zu dem Zeitpunkt hatte er noch daran geglaubt, zur Normalität zurückkehren zu können, und leichtfertig ihr Angebot angenommen. Jetzt war an Normalität nicht mehr zu denken und seine verschiedenen Aushilfstätigkeiten waren für ihn wichtiger, um über die Runden zu kommen. Er beschränkte sich darauf, in der Schule den Alltag aufrechtzuerhalten, für mehr Täuschung fehlte ihm die Kraft. Vielleicht würde er die Einladung zur Feier annehmen. Die Zwillinge waren gerade volljährig geworden und hatten fast die ganze Klassenstufe zu sich nach Hause eingeladen. In dem Gewimmel würde er untertauchen und eine warme Mahlzeit bekommen, bevor er sich dann irgendwann auf dem Weg zu seinem Unterschlupf machte. Wenigstens gab es niemanden, dem er Rechenschaft ablegen musste. Es gab keine feste Uhrzeit, zu der er zu Hause sein musste. Weil es kein Zuhause gab.

Es läutete bereits, als er das Klassenzimmer betrat und sich auf seinen Platz in der hinteren Ecke setzte. Er schaute zur Lehrerin und ein kurzes Aufflackern in ihrem Blick alarmierte ihn. Frau Voss unterrichtete nicht nur Naturwissenschaften, sondern war auch Vertrauenslehrerin, und wenn sie ihn im Visier hatte, bedeutete das nichts Gutes.

Obwohl David ständig damit rechnete aufzufliegen, lähmte ihn die Angst. Er wusste nicht, was ihn verraten haben könnte und trotzdem zog sich sein Magen zusammen. So beiläufig wie möglich unterbrach er den Blickkontakt und ließ den Rucksack zu Boden gleiten. Er konzentrierte sich darauf, Stift und Block auszupacken, hatte aber Mühe, dem Unterricht zu folgen und zu verstehen, wofür er die Formeln nutzen sollte, die er von der Tafel abschrieb. Sie mussten in Zusammenhang stehen mit elektrischen Feldern – oder behandelten sie schon magnetische? Seine inneren Schwingungen waren auf jeden Fall gerade nicht im Einklang und stießen alle Informationen ab.

Während die Doppelstunde zäh fortschritt, hielt er den Kopf gesenkt und hoffte, nicht aufgerufen zu werden. Frau Voss tat ihm den Gefallen, und fast beunruhigte ihn das mehr, als dass er sich darüber freuen konnte.

Endlich erklang das erlösende Klingeln, schnell griff er nach seinem Rucksack und steuerte zielstrebig zur Tür des Kursraums, als Frau Voss ihn zurückhielt.

„David, warte bitte kurz!“

Er straffte die Schultern und drehte sich langsam um, während die anderen Schüler das Klassenzimmer verließen. Einige amüsierte, spöttische oder neugierige Blicke trafen ihn.

„Es tut mir leid, dass ich den ersten Block verpasst habe. Ich …“

David stockte kurz, suchte nach einer Erklärung. Frau Voss kam einen Schritt auf ihn zu.

„Du brauchst dich nicht zu entschuldigen. Ich habe heute nicht mit dir gerechnet. Es muss schwer für dich sein, damit umzugehen. Nimm dir ruhig den Rest der Woche frei.“

Sie schob ihre Brille auf die Nase und schaute auf eine irritierend mitfühlende Weise zu ihm auf. Er runzelte die Stirn und überlegte fieberhaft nach einem Ausweg. Wovon sprach sie? Was wusste sie?

„Es muss dir nicht unangenehm sein. Mein Mann arbeitet in der Klinik und hat mir gestern Abend von der Einlieferung deiner Mutter erzählt. Es tut mir wirklich leid. Was auch immer ihr fehlt, ich hoffe, sie erholt sich schnell wieder.“

David erstarrte. Alles krampfte sich in ihm zusammen, es war, als würde er körperliche Schmerzen empfinden. Seine Mutter hatte wohl einen Rückschlag erlitten, und er erfuhr es von seiner Lehrerin. Seine Kehle war wie zugeschnürt. Er presste ein krächzendes „Danke“ hervor und flüchtete. In dem Moment machte er sich keine Gedanken, welchen Eindruck er hinterließ, er musste einfach weg.

Irgendjemand rief seinen Namen, aber er registrierte es nur am Rande und ließ sich von seinen Füßen tragen, ohne die Richtung vorzugeben. Sein Unterbewusstsein führte ihn vom Schulhof und weiter zum angrenzenden See. Die einstündige Mittagspause verbrachten einige Schüler außerhalb des Geländes, auch wenn es nicht gern gesehen wurde. Seine Schritte wurden immer schneller, aber auch unsicherer. Strauchelnd fand er eine schwer einsehbare Stelle am Ufer, an der er sich erlaubte zusammenzubrechen. Die Knie fest an den Körper gezogen, bettete er den Kopf darauf. Alles war verkehrt. Er wusste, der Zustand seiner Mutter war ein ständiges Auf und Ab, aber er hatte gehofft, seine Abwesenheit hätte einen der Hauptauslöser eliminiert. Die Enttäuschung hatte ihn mit voller Wucht getroffen und er hatte seine Überraschung nicht verbergen können. Er hatte gnadenlos vor seiner Lehrerin versagt. Um sich abzulenken, überlegte David, ob er einen Arzt namens Voss im Zusammenhang mit der Behandlung seiner Mutter kannte, aber der Name löste keine Erinnerung aus. Ich hätte mich informieren müssen, schalt er sich. Dann hätte er gewusst, was der Ausdruck in den Augen der Lehrerin bedeutete und wäre vorbereitet gewesen. Stattdessen hatte es ihn kalt erwischt. Wenigstens meine Fehlstunde wird mir wohl verziehen, dachte er zynisch. Er musste nicht zurück. Er hatte die perfekte Ausrede, um vom Nachmittagsunterricht fernzubleiben. Aber was sollte er tun? In Gedanken sah er sich zur Klinik radeln, aber das durfte er nicht. Er musste sich von seiner Mutter fernhalten. Ihretwegen.

KAPITEL 2

David

„Was ist heute los mit dir? Du hast ein Sachbuch in der Hand. Da kannst du in dem Regal lange nach dem geeigneten Platz suchen.“

Mit einer Mischung aus Spott und Besorgnis blickte Nadine auf David. Als wäre er gerade aus einem Traum erwacht, sah David das Vogelbestimmungsbuch an und legte es zurück auf den kleinen Handwagen.

„Tut mir leid, ich bin heute total neben der Spur. Ist irgendwie nicht mein Tag“, entschuldigte er sich lahm.

„Lass mich weitermachen und du machst für heute Feierabend. Sonst finden wir die Bücher erst zu Ostern wieder.“

Die rundliche Brünette griff nach dem Wagen und zwinkerte ihm zu. David unterstützte Nadine. Die Bibliothekarin hatte ihm den Nebenjob in der Stadtbücherei angeboten, als sie bemerkte, dass er jeden Nachmittag nach dem Unterricht hier verbrachte. David vermutete, dass sie absichtlich die Bücher sammelte, anstatt sie selbst einzusortieren, um ihm eine Beschäftigung zu geben. Trotzdem hatte er dankend angenommen. Es gab für ihn keinen besseren Ort, um Hausaufgaben zu erledigen.

Hier konnte er den öffentlichen Computer nutzen, um zu recherchieren und Ausarbeitungen zu drucken. Wenn die Bibliothek geschlossen hatte, hatte er am nächsten Tag nichts vorzuweisen. Dank dem Angebot konnte er das Nützliche mit dem Angenehmen verbinden und Geld verdienen, während ihn der Duft der Bücher beruhigte. Das System der Signaturen war leicht zu verstehen und die Arbeit bereitete ihm keine Mühe, aber heute fehlte ihm jegliche Konzentration. Er konnte sich nicht erinnern, wie er die Stunden in der Schule überstanden hatte. Um sich abzulenken, war er nach der Pause wieder zum Unterricht gegangen, aber er war nur physisch anwesend gewesen. Bei jedem Blick eines Lehrers oder Schülers war sein Alarm angesprungen und hatte sein Herz unruhig schlagen lassen. Wahrscheinlich hatten sie nicht einmal ihm gegolten, aber er hatte sich von allen beobachtet gefühlt und die ganze Zeit seinen Fluchtinstinkt bekämpfen müssen. Am Ende des Unterrichts war er seelisch erschöpft und ausgelaugt gewesen. Er erinnerte sich nicht mehr an den kurzen Weg zum Rathaus, in dessen Räumlichkeiten die Bibliothek untergebracht war. Wem machte er etwas vor? Er war ein Wrack.

„Danke", murmelte David, holte seinen Rucksack aus dem kleinen Mitarbeiterraum und verschwand nach draußen. Noch ehe er eine bewusste Entscheidung getroffen hatte, saß er auf dem Fahrrad und fuhr zur Klinik. Er hatte keine Kraft mehr, dem inneren Drang zu widerstehen. Er musste wissen, wie es ihr ging, auch wenn die Wahrscheinlichkeit hoch war, ihm zu begegnen.

Die Kilometer zum Krankenhaus flogen an ihm vorbei und obwohl die Luft frisch war, klebten ihm Haarsträhnen schweißnass an der Stirn, als er in die Waldsiedlung einbog. Das Klinikgelände lag idyllisch inmitten hochgewachsener Buchen und Spazierpfade boten den Reha-Patienten verschiedene Ruheoasen, um an der frischen Luft die Heilung ihrer Herzleiden zu unterstützen oder ein schwaches Nervenkostüm zu stärken. Von der Terrasse des Cafés konnte man eine Entenfamilie beobachten, die zwischen Seerosen auf einem kleinen, künstlich angelegten Teich schwamm. Das Hauptgebäude war halbrund und sah mit den Balkonen auf allen sechs Stockwerken eher aus wie ein Hotel. Es war das einzige Haus, das über die Bäume ragte, die anderen lagen verstreut und fügten sich unaufdringlich in die Umgebung ein.

David durchquerte das Haupttor, folgte der Allee noch ein Stück und bog dann nach rechts zur psychosomatischen Station ab. Sein Herz zog sich unangenehm zusammen, als das flache, langgezogene Gebäude in sein Sichtfeld kam. Der Druck war fast nicht auszuhalten. Er wusste nicht, was ihn erwartete, und die Ungewissheit ängstigte ihn. Er sicherte sein Rad mit der Kette und ging mit wackeligen Schritten zur Schiebetür. Zur Ablenkung las er wie schon unzählige Male zuvor die historischen Details auf der Hinweistafel vor dem Eingang. Vor dreißig Jahren waren die Räumlichkeiten als Klubhaus für hohe Funktionäre der Deutschen Demokratischen Republik genutzt worden. Kurz durchzuckte ihn der Gedanke, ob sich die Klientel wohl groß von damals unterschied. Er zögerte noch einen Moment und spürte plötzlich, dass er beobachtet wurde. Seine Schultern sanken mutlos und einen Augenblick später legten sich große Hände unsanft darauf und drückten schmerzhaft zu. Die Chance, zu seiner Mutter zu gelangen, war vertan.

„Was hast du hier zu suchen?"

David spürte den Atem seines Stiefvaters im Nacken und zuckte unter dem eisigen Tonfall zusammen. Kälte kroch aus Davids Innern hervor und hüllte ihn ein. In Torstens Anwesenheit war er unfähig sich zu verteidigen. Obwohl dieser Mann immer schneidend und herrisch klang, falls er überhaupt mit ihm sprach, war David jedes Mal von seiner offenen Ablehnung aufs Neue enttäuscht.

„Was ist passiert?"

David hasste den flehenden Ton in seiner Stimme, aber er konnte ihn nicht unterdrücken.

„Was soll schon passiert sein? Gestern war einer der schlechten Tage und sie muss wieder einige Zeit auf die Station. Nichts, was dich zu kümmern hat. Du solltest nicht hier sein. Nicht auf diesem Gelände und nicht in dieser Stadt."

Torsten war, während er sprach, noch dichter gekommen. Seine Finger bohrten sich in Davids Schulterblätter und sein Mund war unangenehm nah an Davids Ohr. Ein süßlicher, schwerer Geruch umfing ihn und verursachte ihm einen Würgereiz.

„Tauch endlich in Berlin unter und gesell dich zu dem anderen Straßenpack!"

Die letzten Worte spuckte Torsten seinem Stiefsohn voller Verachtung geradezu vor die Füße.

„Ich will sie sehen", protestierte David schwach und ohne Hoffnung.

Torsten lachte nur.

„Sie aber dich nicht. Verschwinde, so lange ich dir die Gelegenheit dazu lasse!"

Er umrundete David und baute sich vor ihm auf. David schaffte es kaum, den Blick von den braunen Lederhalbschuhen zu heben, die sein Stiefvater trug. Er war wie immer perfekt gekleidet, mit einer beigen Chinohose, gehalten von einem schmalen braunen Gürtel, das dunkelblaue Hemd akkurat eingesteckt und bis zu den Ellenbogen hochgekrempelt. Er hatte die Arme vor dem Körper verschränkt, und seine Haltung demonstrierte vollkommene Gleichgültigkeit. Nur seine Augen waren dunkel vor Zorn. David senkte den Blick und wandte sich ohne Widerworte ab. Wie erschlagen ging er zu seinem Rad. Die Hände hatte er tief in den Taschen der Jeans vergraben, um das Zittern zu verbergen. Das Geräusch sich entfernender Schritte in seinem Rücken verriet ihm, ohne dass er zurückblicken musste, dass Torsten nicht mehr auf ihn achtete. David hörte die Glastüren aufgleiten und blieb auf dem Vorplatz zurück. Aufgewühlt und allein mit dem brennenden Schmerz in seinem Innern. Er hätte gern geschrien, sich gewehrt, stattdessen schluckte er seine Emotionen hinunter und schwang sich in den Sattel. Dann ließ er seinen Ärger auf sich selbst in die Pedale fließen.

Er fuhr nicht zurück zur Straße, sondern tiefer in das Waldstück hinein. Der bewölkte Himmel hatte die Sonne zurückgehalten, der Boden war vom Regen der vergangenen Nacht noch aufgeweicht und bot einen ungeeigneten Untergrund für seine halsbrecherische Geschwindigkeit. Beinahe lechzte er danach, sein Schicksal herauszufordern. Er hätte sowieso schon sterben sollen, dass er lebte, war unverdient. Bittere Ironie. Nur ihretwegen versuchte er durchzuhalten. Nur ihretwegen überstand er einen Tag nach dem anderen und stand jeden Morgen auf. Deswegen durfte er nicht aufgeben und sich nicht leichtfertig in Gefahr bringen. Über diesen Gedanken drosselte er das Tempo, aber seine Einsicht kam zu spät. Er übersah eine Wurzel und sein Vorderrad stellte sich quer. Das Mountainbike glitt seitlich unter ihm weg, reflexartig nahm er den rechten Fuß vom Pedal, um sich abzufangen. Er bekam keinen sicheren Stand, stieß gegen eine weitere Baumwurzel und knickte weg. Mit einem Schmerzensschrei, der mit aller aufgestauten Wut aus ihm hervorbrach, ging er zu Boden.

David saß auf einem umgestürzten Baumstamm, das Wasser umspülte seine Unterschenkel. Seine Beine waren mittlerweile taub vor Kälte und Gänsehaut überzog seine Arme. Er hatte Stunden gebraucht, um auf den unebenen Waldwegen bis in die Nähe seines Schlafplatzes vorzudringen. Das Vorderrad war zum Glück nur leicht verzogen und das Fahrrad fahrtüchtig, aber der verstauchte Knöchel machte jeden Schritt zur Qual. Die kleinste Belastung schoss wie mit Stichen von tausend Nadeln in sein Sprunggelenk, und während er sich schwer aufs Rad gestützt fortbewegte, war sein Knöchel zu einem unförmigen Klumpen angeschwollen. Innerlich wie äußerlich war er zu erschöpft, um sich aufzuregen, weswegen er sich mit Musik betäubte. Jonathan Davis, der Sänger von Korn, hatte ihn die restlichen Kilometer durch den Wald getrieben. Mittlerweile war es dunkel. Der Himmel war von Wolken verhangen und nicht einmal ein blasser Lichtschein erhellte den vom Wald vollständig umschlossenen See. Es raschelte immer wieder, wenn nachtaktive Tiere durch das Dickicht schlichen, und der Schrei eines Waldkauzes durchbrach hin und wieder die Stille. David hatte einen neuen Tiefpunkt erreicht und war erstaunt, wie es jedes Mal schlimmer kommen konnte. Jeden Abend blickte er auf den vorherigen Tag zurück und musste sich eingestehen, dass es ihm gestern besser gegangen war. Aber vierundzwanzig Stunden zuvor hatte er sich nicht darüber freuen können, weil ihm die Situation bereits erdrückend und ausweglos erschienen war.

Steif ließ David sich vom Baumstamm gleiten. Mit einer Hand Halt suchend, kletterte er ans Ufer und ließ sich auf den sandigen Untergrund fallen. Kritisch betastete er seinen Knöchel und fluchte, als die Berührung die Schmerzen neu entfachte. Er hatte keine Ahnung, wie es aussehen würde, wenn die Sonne aufging, aber er bezweifelte, dass ein paar Stunden Ruhe eine heilende Wirkung haben würden. Für die Schule hatte er eine gute Ausrede und musste sich keine Sorgen um die Konsequenzen seines Fehlens machen, aber hier bleiben konnte er nicht. Sein Magen zog sich unangenehm zusammen und erinnerte ihn daran, dass das trockene Brötchen am Morgen seine letzte Mahlzeit gewesen war. Die Nachricht, die Frau Voss ihm überbracht hatte, hatte ihn in der Mittagspause davon abgehalten, sich um seine Grundbedürfnisse zu kümmern. Er trank den letzten schalen Schluck aus seiner Trinkflasche und kramte im Rucksack nach etwas Essbarem. Ein Apfel fiel ihm in die Hände. Der Sturz hatte einige Druckstellen hinterlassen, aber er war noch genießbar. Eventuell würde er bei einer weiteren Suche noch einen Müsliriegel finden, aber mehr Vorräte hatte er nicht. Er war kein Überlebenskünstler, der sich mit Nahrung aus der Natur über Wasser halten konnte, und hatte keinerlei Qualitäten als Pfadfinder. Er war einfach nur vollkommen erledigt. Mit klammen Fingern zog er die Jeans an und unterdrückte das Stöhnen, als er seinen Fuß strecken musste. Sein Verstand sagte ihm, dass er zum Bungalow gehen sollte. Der Schlafsack würde verhindern, dass er weiter auskühlte, und er musste sich trockene Sachen anziehen. Aber er ignorierte die Stimme der Vernunft. Er kippte müde zur Seite und bettete den Kopf auf den Rucksack. Die dünne Steppjacke zog er sich über die bebenden Schultern und schloss erschöpft die Augen.

KAPITEL 3
David

David erwachte mit der Morgendämmerung. Das undurchdringliche Schwarz des Waldes wich einem helleren Grauton. Sein Zittern hatte aufgehört, aber vermutlich nur, weil es vergebens war. Statt Kälte fühlte er Taubheit und sein erster Impuls war, liegen zu bleiben. Er schluckte trocken gegen das Kratzen im Hals, ein Phantomschmerz, der ihn seit fast zwei Jahren beim Aufwachen begleitete. Schwach stemmte er sich in eine sitzende Position, rieb sich über die müden Augen und verzog beim Anblick des geschwollenen Knöchels das Gesicht. Die wenigen Stunden Schlaf hatten ihn Energie gekostet, anstatt seine Batterien aufzuladen, aber es half nicht, in Selbstmitleid zu verfallen. Wackelig kam er auf die Beine und versuchte, das Gewicht auf den gesunden Fuß zu verlagern. Notdürftig klopfte er Erde und Blätter ab, aber seine Kleidung war vollgesogen mit morgendlicher Feuchtigkeit. Mit steifen Bewegungen zog David die Jacke an, schulterte den Rucksack und schob sich mit dem Rad die Böschung hoch. Als er auf den Hauptweg stieß, der den See umrundete, sammelte sich bereits kalter Schweiß auf seinem Rücken und sein Atem ging stoßweise. Auf sein Mountainbike gestützt, schleppte er sich weiter. Sein Ziel war nicht seine Zwei-Zimmer-Baracke, sondern seine Verzweiflung trieb ihn dazu, dem Weg nach Westen zu folgen in der Hoffnung, auf einen Angler zu treffen. Unter der Woche war wenig Betrieb, aber er dachte auch eher an einen pensionierten Hobbyfischer, der mit einem Zelt über Nacht geblieben war und einen Erste-Hilfe-Kasten zu seiner Ausstattung zählte.

Der Weg schlängelte sich auf und ab und David kam immer wieder ins Straucheln, hielt sich aber tapfer auf den Beinen. Ein leichter Schwindel befiel ihn. Er hätte wenigstens eine Handvoll Seewasser trinken sollen, bevor er aufgebrochen war. Unterzuckert, unterkühlt, durstig und verletzt zu sein, war keine angenehme Kombination und brachte seinen Körper an seine Grenzen. Hinter der nächsten Biegung sah er tatsächlich ein Zelt am Ufer stehen. Bevor ihn sein Mut verlassen konnte, setzte er seinen Weg fort. Die Geräusche, die er machte, blieben nicht unbemerkt und der Angler war bereits aus seinem Stuhl aufgestanden und beäugte ihn neugierig.

„Entschuldigen Sie die Störung", sprach David den Mann direkt an. „Hätten Sie vielleicht einen Verbandskasten? Ich bin auf dem Weg zur Schule gestürzt und habe mir den Knöchel verstaucht. Ich glaube, ein wenig Stabilisierung könnte helfen für den Rest des Weges."

Der Angesprochene lächelte amüsiert und rückte sich den Anglerhut zurecht. Ein kleiner Bauchansatz wölbte sich über den Gürtel der Funktionshose und die Jacke reichte nicht ganz über die Hüfte. Er strahlte Ruhe und Besonnenheit aus, alles was David fehlte und brauchte.

„Die Party war wohl lang? Hast du im Wald übernachtet, Junge?" David suchte noch nach einer Antwort, als der Mann bereits weitersprach: „Na egal, setz dich und ich schaue nach deiner Verletzung."

Die Einladung nahm David ohne zu zögern an und spürte erleichtert, wie der Schmerz zu einem Pochen abebbte, als er den Fuß entlastete. Erst einmal entschied er sich, die Kommentare des Anglers zu überhören. Zweifel an seiner Geschichte konnte er später noch ausräumen. Der alte Mann verschwand gebückt in seinem Zelt. Als er wieder zum Vorschein kam, reichte er David einen Becher mit einer dampfenden Flüssigkeit.

„Du siehst blass aus. Zieh mal den Schuh und den Socken aus und dann sehen wir uns das an. Leg mal dein Bein hier rauf", forderte der Angler David auf und brachte einen Klapphocker in Position.

David folgte der Aufforderung schweigend. Schwielige Hände betasteten sein Sprunggelenk und beobachteten jede seiner Regungen aus den Augenwinkeln. Schmerzhaft verzog David das Gesicht, versuchte aber das Ausmaß seiner Qualen zu kaschieren und war froh, als der Mann ihn in ein Gespräch verwickelte.

„Es ist geschwollen, aber es scheint alles da zu sein, wo es hingehört. Ich bin übrigens Hans."

„Danke, dass Sie mir helfen, und für den Tee. War etwas frischer heute Morgen als erwartet. Ich bin David."

„Du kannst du sagen. Ich würde dir gern helfen, aber ich denke nicht, dass ich etwas für dich tun kann. Ich hoffe für dich, dass es nur eine Überdehnung ist und kein Riss. Dann sollte es nach ein paar Tagen Ruhe besser werden. Wir können den Knöchel erst mal kalt umwickeln und du solltest ihn hochhalten, damit das Blut sich nicht staut."

David nickte mechanisch und ärgerte sich, dass er nicht selbst die richtigen Erstmaßnahmen ergriffen hatte.

Vielleicht wäre die Schwellung dann bereits zurückgegangen.

„Ich packe in einer Stunde alles zusammen, wenn du möchtest, kann ich dich zum Arzt fahren."

David spürte den prüfenden Seitenblick, während Hans eine Mullbinde aus dem Verbandskasten nahm und diese in den See tauchte. Er wrang sie leicht aus und bandagierte das geschwollene Gelenk. David widerstand dem Drang, in den gemütlichen Stuhl einzusinken. Die Gefahr, eingelullt von dem warmen Tee und bei abklingenden Schmerzen einzuschlafen, war zu groß. Auch wenn Hans ihn nicht bedrängte und seine dürftige Erklärung vorerst geschluckt hatte, wollte er wachsam bleiben.

„Das Angebot ist sehr nett, aber ich werde lieber nach Hause schieben." Sein Magen zog sich zusammen, als er von seinem nicht existierenden Zuhause sprach. Aber er hoffte, den freundlichen Mann von seinem eventuellen Argwohn abzulenken. Ich muss normal wirken, nicht wie der obdachlose Freak, der ich in Wirklichkeit bin, wies David sich selbst zurecht.

„Wie du möchtest. Ruh dich wenigstens kurz aus, damit du den Weg auch schaffst."

Hans verschwand noch einmal im Zelt und balancierte einen Teller, üppig gefüllt mit Sandwiches, als er wieder zum Vorschein kam.

„Hast du schon gefrühstückt oder möchtest du mir Gesellschaft leisten?"

David spürte, wie ihm das Wasser im Mund zusammenlief, und griff sich dankend ein mit Schinken und Käse belegtes Brot.

„Iss so viel du magst. Birgit schmiert immer einen riesigen Berg, viel zu viel für mich allein. Insgeheim denke ich, sie will mich länger von zu Hause fernhalten."

Hans lachte gutmütig und setzte sich in einen zweiten Klappsessel, den er ebenfalls aus den Tiefen des Zeltes hervorgeholt hatte. Trotz der Aufforderung nahm David sich nur einmal nach und aß langsam. Er wollte nicht zeigen, wie ausgehungert er war. Das kurze, einseitige Gespräch erfüllte ihn mit einer heftigen Sehnsucht und er musste sich eingestehen, wie einsam er war. Er hatte keine Großeltern. Die Eltern seiner Mutter hatte er nie kennengelernt und die Verwandtschaft seines Stiefvaters existierte für ihn nicht. Beziehungsweise existierte er nicht für sie, da er in ihren Augen kein vollwertiger Teil der Familie war, nur der Bastard, den die neue Frau an Torstens Seite mit in die Ehe gebracht hatte.

„Haben die Fische denn heute Nacht gut gebissen?", fragte David höflich und drängte die unangenehmen Gedanken zurück.

„Diese Nacht hatte ich kein Glück. Vielleicht waren die Karpfen durch den Wetterumschwung noch zu aufgekratzt. Aber die meisten sind sowieso zu klein, um sie zu essen, und dann werfe ich sie zurück."

Während Hans erzählte, sank David tiefer in den Stuhl. Es fiel ihm schwer, den Worten des alten Mannes zu folgen, und er verlor den inneren Kampf um seine Wachsamkeit. Er wollte Hans' Gutmütigkeit nicht ausnutzen, aber er war gerade nicht in der Lage zu widerstehen. Seine Müdigkeit siegte über seinen Fluchtinstinkt. Seine Lider wurden schwerer, und gesättigt und aufgewärmt forderte sein Körper, was er brauchte.

Verwirrt schreckte David auf. Die Geräusche und Gerüche waren nur zum Teil vertraut und er hatte Mühe sie direkt einzuordnen. Er blinzelte. Die Erkenntnis, dass er eingeschlafen war, traf ihn wie ein Schlag. Bei dem Versuch aufzuspringen, fiel er fast vom Stuhl. Im letzten Moment hielt er sich zurück und sah Hans neben sich sitzen, den Blick auf den See und seine Angeln gerichtet.

„Verzeihen Sie, ich wollte nicht einschlafen."

Hans zog fragend die Augenbrauen zusammen.

„Ich dachte, in jungen Jahren ist das Gedächtnis noch intakt, Junge, oder ist dir mein Name und unsere Begegnung entfallen? Wir waren doch schon beim Du."

„Nein, Hans, tut mir leid", stotterte David und fuhr sich mit der Hand übers Gesicht.

„Es ist nichts passiert. Vergiss nicht, ich habe einen Vorrat an Sandwiches für Tage. Da kann ich ruhig einige Stunden länger gemütlich sitzen bleiben. Und du siehst noch immer aus, als könntest du den Schlaf gebrauchen."

David sah ertappt zur Seite und Hans half ihm, indem er weitersprach und die Situation überspielte.

„Es ist noch früh und ich habe keine Pläne. Es hat sich sogar gelohnt und ich konnte noch zwei größere Barsche herausziehen."

Zufrieden zeigte Hans auf eine Kühltruhe am Ufer, in der David die gefangenen Fische vermutete.

„Das sieht nach einem leckeren Mittagessen aus."

Vorsichtig bewegte er den Fuß und prüfte das Schmerzlevel. Sein Gesamtzustand hatte sich durch die Verpflegung und den Schlaf verbessert, aber wie befürchtet war der Knöchel nicht durch magische Kräfte geheilt. Obwohl David den Schmerz nicht zeigte, musterte Hans ihn kritisch.

„Mein Angebot steht noch. Lass mich dich zu einem Arzt fahren. Das sollte untersucht werden. Vielleicht sind die Bänder gerissen und du brauchst mehr als ein paar Tage Ruhe."

David schluckte und versuchte, nicht über die Konsequenzen eines möglichen Bänderrisses nachzudenken.

„Danke für das Angebot, aber ich mach mich lieber auf den Heimweg“, antwortete er bestimmt und stand vorsichtig auf. Er wollte seinen Entschluss sofort umsetzen, bevor Hans eindringlicher fragen konnte. Tapfer ignorierte er die hellen Stiche, die das verletzte Gelenk bei der kleinsten Belastung aussendete. Er fand einen stabilen Stand und wandte sich Hans zum Abschied zu.

„Wer weiß, wie lange dein Heimweg dauert“, sagte Hans und hielt ihm zwei in Papier eingeschlagene Sandwiches entgegen. Er schmunzelte gutmütig und fügte hinzu: „Komm mal wieder vorbei, wenn du Lust hast und auf der Durchreise bist.“

Zögernd griff David nach der Wegzehrung und schenkte dem alten Mann ein aufrichtiges Lächeln.

„Ja, gerne, das klingt nach einem verlockenden Angebot. Sag deiner Frau, dass ihre Sandwiches köstlich sind.“

Er nickte zum Abschied und stützte sich auf sein Rad. Bis er außer Sichtweite war, gab er sich Mühe leichtfüßig zu gehen, weil er den prüfenden Blick des alten Mannes im Rücken spürte. Zu bleiben, war reizvoll gewesen. Sich zum Arzt fahren zu lassen ebenso. Aber irgendwann hätten die Fragen angefangen. Fragen, die er nicht hätte beantworten können.

Ungeschickt wusch David die Jeans. Er zog sie immer wieder durchs Wasser und versuchte die Flecken herauszuspülen. Ein wenig Shampoo verteilte er auf den gröbsten Verschmutzungen und rieb den Stoff gegeneinander. Vollgesogen war er schwer und die

Seifenreste auszuspülen, bereitete ihm Mühe. Als er endlich mit dem Ergebnis zufrieden war, wrang er die Hose aus, hing sie zum Trocknen über einen Ast und wiederholte die Prozedur mit Shirts, Unterwäsche und Socken. Zur Mittagszeit war er am Bungalow angekommen und hatte die Sporttasche aus dem Versteck gezogen. Schweißperlen standen in seinem Nacken, von der Anstrengung und der Mittagshitze. Die Sonne hatte sich durch die Wolkendecke geschoben. Das Mountainbike hatte er in der kleinen Kammer vor neugierigen Blicken geschützt abgestellt und sich ohne Pause wieder auf den Weg gemacht, um am See erst sich selbst und dann seine Kleidung zu waschen, die jetzt verteilt auf Ästen und Zweigen zum Trocknen hingen. Er wollte seine Trinkflasche mit Wasser füllen, als er merkte, dass sie bereits randvoll war. Dankbar dachte er an Hans, der dies getan haben musste, als er schlief, und trank den kräftigen schwarzen Tee in kleinen Schlucken. Dazu gönnte er sich noch eines der belegten Brote. Wenn das unablässige Pochen nicht gewesen wäre, hätte er diesen Moment genießen können. Er fehlte entschuldigt im Unterricht und er verpasste keine Schicht in der Bibliothek, weil Mittwoch Ruhetag war. Morgen musste er den Wald verlassen, um zuerst Bücher und dann Lebensmittel in Regale zu räumen, aber daran wollte er jetzt nicht denken. Er legte sich mit freiem Oberkörper in den festen Sand und positionierte das Bein erhöht auf einem knorrigen Baumstamm. Durch den Schlaf am Vormittag fühlte er sich ausgeruht und beschloss, ein wenig für die Schule zu lesen. Er nahm den „Sommernachtstraum“ zur Hand und mühte sich durch die alte englische Sprache. Schon die Vokabeln des Schulenglisch bereiteten ihm Schwierigkeiten und die unbekannten

Wörter machten es ihm noch schwerer, den Text ohne Hilfsmittel zu entschlüsseln. Er würde am Computer in der Bibliothek nach einer Zusammenfassung suchen müssen, um nicht ganz unwissend zu sein. Trotzdem zählte der Versuch und er kämpfte sich weiter durch die Szenen, bis die Wörter immer mehr verschwammen. Als er keinem Satz mehr eine Bedeutung abringen konnte, tauschte er Buchstaben gegen Formeln. Er nahm sich seine Mitschriften des gestrigen Tages vor, um den Stoff nachzuholen, den er zwar abgeschrieben, aber nicht geistig aufgenommen hatte.

David wusste nicht, ob sich seine Bemühungen lohnten. Bis zu den Abiturprüfungen müsste er ein weiteres Jahr durchhalten, und dass er das mit dem Arbeitspensum, das ihm das Geld zum Überleben sicherte, schaffen würde, bezweifelte er. Erst einmal hieß sein Ziel, die verbleibenden vier Wochen bis zu den Sommerferien durchzuhalten, die letzten Klausuren zu bestehen, ohne dass sein Notendurchschnitt weiter in den Keller sackte. Es war ihr Traum gewesen, Physikerin zu werden, und er hatte ihre Kombination an Wahlpflichtkursen übernommen. Leider war er weder sprachlich begabt noch ein naturwissenschaftliches Genie. Logische Zusammenhänge erschlossen sich ihm nicht und das Lernen fiel ihm schwer. Meist war er zu ausgelaugt, um die nötige Konzentration aufzubringen.

Die gedankliche Abwärtsspirale drängte die Zahlen und Zeichen aus seinem Kopf und riss ihn mit sich in die Tiefe. Er presste die Zähne fest aufeinander, bis die Kiefer schmerzten, und versuchte sich an einem Funken Hoffnung festzuklammern. Sein Geburtstag rückte näher. Als Volljähriger musste er doch von irgendeinem Amt finanzielle Hilfe bekommen können, ohne dass seine

Mutter an den Pranger gestellt werden würde. Das Jugendamt sollte sich nicht einmischen. Wohngeld oder andere Zuschüsse würden es ihm hoffentlich ermöglichen, eine billige Bleibe zu beziehen. Er wusste, dass er bis zum Herbst eine Alternative zum Schlafen finden musste, damit er abgesichert war, wenn die Temperaturen sanken. Er war seit über einem Monat jeder Witterung ausgesetzt und der Frühling war unangenehm launisch gewesen. Selbst für die einfachste Herberge reichte sein Geld jedoch nicht. Bei den Aushilfsjobs verdiente er gerade genug, um ein wenig zur Seite zu legen. Er sparte, um eine Kaution vorstrecken zu können, aber die größere Hürde würden die Vermieter sein, die in ihm nur ein Risiko ohne Absicherung sehen würden. Es brachte nichts, weiter nachzudenken, er schaffte es nicht, an Wunder zu glauben. Seine Aufzeichnungen verschwammen zu unverständlichen Hieroglyphen und er ließ sie zu Boden sinken. Die Augen geschlossen, versuchte er ins Nichts abzudriften, aber ohne die schrillen, lauten Klänge aus den Kopfhörern waren die inneren Stimmen kaum zu bändigen. Spontan überstreckte er den Fuß und nutzte die helle Schmerzwelle, um alles andere auszublenden.

KAPITEL 4

David

David hatte sich in eine ruhige Ecke auf dem Schulhof zurückgezogen und versuchte einige Fakten für die Prüfung in der nächsten Stunde aufzusaugen, aber seine Konzentration war auf dem Tiefpunkt. Zwei Tage waren seit dem Unfall vergangen. Da Hans ihn versorgt hatte, hatte er sich die restlichen Stunden am Mittwoch Ruhe gegönnt, um die Verletzung zu kurieren. Gestern hatte er sich wieder zum Unterricht gequält. Die Fahrt auf dem Fahrrad und selbst das bloße Sitzen auf den unbequemen Stühlen waren Folter. Mit zusammengebissenen Zähnen hatte er in der Bibliothek Bücher eingeräumt und anschließend Regale im Supermarkt befüllt. Mit letzter Kraft war er in den Wald zurückgekehrt. Fast den ganzen Weg hatte er mühsam geschoben, weil die kippende Fußbewegung beim Treten der Pedale nicht mehr zu ertragen gewesen war. Nur die Angst, sich erklären zu müssen, wenn jemand ihn in dieser Verfassung am Wegesrand finden würde, hatte ihn angetrieben. In tiefer Dunkelheit hatte er sich das letzte Stück der Strecke durch die hoch gewachsenen Brennnesseln gekämpft und war entkräftet auf der Isomatte zusammengebrochen.

Trotz der völligen Erschöpfung hatte er keinen Schlaf gefunden. Ein Grund mehr, warum die Buchstaben auf den Seiten verschwammen.

„Hier steckst du!"

Finja ließ sich ungefragt im Schneidersitz nieder. Sie schenkte ihm ein warmherziges Lächeln, bevor sie auf ihre Hände schaute und Gänseblümchen von der Wiese zupfte.

„Ist alles in Ordnung mit dir? Du siehst erschöpft aus."

David ließ das Lehrbuch für Biologie sinken. Wortlos zog er das Hosenbein ein Stück hoch und gab den Blick auf den behelfsmäßigen Kompressionsverband frei. Die elastische Binde war in einem ebenso jämmerlichen Zustand wie er selbst und bot kaum noch stützenden Halt.

„Shit, was hast du gemacht?", fragte Finja bestürzt.

„Eine Wurzel war mir im Weg."

„Und warum bist du dann hier? Warum bist du nicht krankgeschrieben und liegst auf der Couch? Dann sparst du dir auch die Bioarbeit."

David zuckte mit den Schultern.

„Gerade nicht so angenehm zu Hause?", fragte Finja und senkte die Stimme.

„Was meinst du?", fragte David. Er versuchte unbeteiligt zu klingen, aber ihre Andeutung ließ ihn aufhorchen. Irgendetwas schwang in ihrem Tonfall mit, was ihn alarmierte.

„Ich habe deine Mutter in der Klinik gesehen."

Davids Kopf fuhr ruckartig herum. Seine Fassade bröckelte und angestrengt versuchte er, ihrem Blick ausdruckslos standzuhalten.

„Ich hatte letzten Sommer ein Praktikum auf Station und helfe aus, wenn die Schwestern knapp besetzt sind, was eigentlich immer der Fall ist. Frische Wäsche und Essen verteilen, nichts Anspruchsvolles, aber so lerne ich den Klinikalltag kennen", plauderte Finja. Sie redete schnell, als wäre ihr die Situation auch unangenehm. Als wüsste sie ein Geheimnis, das nicht für sie bestimmt war. „Ihr Name stand auf dem Behandlungsplan. Tut mir leid, wenn dir das unangenehm ist. Ich spreche mit niemandem darüber. Auch Luke weiß nichts, versprochen."

David nickte steif. Er traute seiner Stimme nicht. Was sollte er auch sagen, Finja wusste mehr als er selbst. Er konnte nicht reagieren, ohne zu verraten, dass er nicht einmal wusste, wie es seiner Mutter ging. Hatte Finja schon bemerkt, dass er sie nie besuchte? Würde sie ihm Vorwürfe machen? Er drehte den Kopf wieder weg und seine Hände krampften sich um das Lehrbuch auf seinem Schoß.

„Wenn du jemandem zum Reden brauchst, bin ich da", flüsterte Finja.

Sie berührte ihn flüchtig an der Schulter und David brauchte seine gesamte Willensstärke, um nicht zurückzuschrecken. Ein unangenehmes Brennen breitete sich dort aus, wo gerade noch ihre Fingerspitzen gelegen hatten. Ihr Angebot war freundlich und taktvoll, aber er war unfähig etwas zu erwidern. Innerlich versteinert wartete er, dass sie verstand und ihn allein ließ. Nach einer gefühlten Ewigkeit kam sie seinem Wunsch nach und verschwand.

David löste den Griff um das Buch und blieb wie betäubt sitzen. Der nächste Rückschlag innerhalb kürzester Zeit, und er mochte sich nicht ausmalen, was es bedeutete, wenn die Neuigkeit weiter die Runde machte. Finja würde nichts Persönliches herumerzählen, aber irgendwann würde die Information Kreise ziehen und wie lange konnte er seine Situation dann noch geheim halten?

Biologie konnte er für heute vergessen, er würde sich nicht konzentrieren können. Die Klausur würde er in den Sand setzen. Ihm blieb nichts anderes übrig, als auf die richtigen Fragen zu hoffen, um wenigstens die Mindestpunktzahl zu erreichen. David verstaute das Lehrmaterial im Rucksack und kam umständlich auf die Beine. Er kaschierte das Humpeln so gut wie möglich und ging zum Unterricht.

Ohne große Ankündigung wartete Herr Raduk, bis Ruhe eingekehrt war, und verteilte die Aufgabenblätter. Die Klausur drehte sich um Transportprozesse der Biomembran. Ein paar Konzepte für aktiven und passiven Transport waren David im Kopf geblieben und er bemühte sich so gut es ging, die passenden Antworten niederzuschreiben. Kurz vor Ablauf der Zeit gab David ab, wünschte dem Lehrer flüchtig ein schönes Wochenende und verließ eilig das Klassenzimmer. Er wollte ein weiteres Zusammentreffen mit einem der Zwillinge verhindern, um nicht noch einmal auf seine Mutter oder die bevorstehende Party angesprochen zu werden. Nach der Unterhaltung mit Finja war es ausgeschlossen, am Wochenende bei ihnen zu erscheinen und ihren Geburtstag zu feiern. Wahrscheinlich hätte er nach der Schicht im Supermarkt sowieso keine Kraft mehr für den Weg zu den Geschwistern. Die Verletzung schränkte ihn mehr ein, als er zugeben wollte, aber in diesem Fall nahm er sie als Ausrede dankend an.

David studierte das Anzeigenbrett. Die Gesuche für Hunde- und Babysitter neben diversen Verkaufsanzeigen kannte er bereits. Neu war die Anfrage für Unterstützung bei der Gartenarbeit. Vielleicht könnte er sich darauf bewerben, wenn man ihm erklärte, was Unkraut war und welche Pflanzen er wie behandeln musste. Rasenmähen wäre definitiv kein Problem.

David riss sich einen von den kleinen Abschnitten mit der Telefonnummer ab und steckte ihn in die Gesäßtasche seiner Jeans. Für das Wochenende war er kaltgestellt. Der Filialleiter Herr Frisch hatte ihn beiseitegenommen, um ihm die heutige und morgige Schicht zu erlassen. Welcher Kunde oder Kollege ihn verpfiffen hatte, wusste David nicht, aber wahrscheinlich war er bloß zu langsam gewesen. Er hoffte nur, dass dies nicht zur Kündigung führte, weil er noch in der Probezeit war. Auch wusste er nicht, ob er die Stunden in den kommenden Wochen würde nachholen dürfen, um trotzdem am Monatsende den vollen Lohn als Aushilfskraft zu erhalten. Er wäre sofort bereit, mehr zu arbeiten, aber die strengen Auflagen machten es ihm nicht leicht, genug zu verdienen, um über die Runden zu kommen. Er war nicht einmal frei, jeden Samstag zu arbeiten, weil das Jugendarbeitsschutzgesetz hier einen Riegel vorschob. Gut, um nicht ausgebeutet zu werden, aber schlecht, wenn man auf Geld angewiesen war. Private Nebentätigkeiten waren seine einzige Möglichkeit, seine Einkünfte aufzustocken. Sobald die Sommerferien begannen, würde er durcharbeiten, wenn er nur Angebote fand.

Mit einer Tüte, gefüllt mit abgepacktem Brot, Wurst, Käse, Äpfeln und einer kleinen Auswahl Gemüse, das roh verzehrt werden konnte, stand er nun unschlüssig da und studierte die Anzeigen ein zweites Mal, als ein Arm sich von hinten um seinen Hals legte. Erschrocken machte er eine unvorsichtige Bewegung und zischte vor Schmerz.

„Alter, du warst vorhin schnell wie der Wind. Warst du nach der Klausur auf der Flucht?“, feixte Luke. Hinter ihm stand Finja, halb verdeckt von einem gut gefüllten Einkaufswagen, und sah David mit einem Stirnrunzeln an.

„Ich wollte nur rechtzeitig zur Arbeit kommen“, erklärte er halbherzig und wich Finjas Blick aus.

„Hast du jetzt Feierabend?“, fragte Luke und lenkte die Aufmerksamkeit wieder auf sich.

„Sozusagen. Ich steh gerade eher im Weg herum und habe Zwangsurlaub.“

„Perfekt, dann kommst du jetzt mit zu uns und hilfst bei der Vorbereitung.“

„Ich bin angeschlagen und kann euch keine große Hilfe sein“, sagte David abwehrend und befreite sich aus Lukes halber Umarmung.

„Klar doch, wir brauchen noch eine Playlist und Dekoration. Einer muss die Anweisungen geben, das kannst du auch vom Liegestuhl aus machen.“

Luke ließ keine Widerworte zu und zog David mit sich. Finja kam ihm auch nicht zu Hilfe, sondern hatte sich mit ihrem Bruder gegen ihn verschworen und räumte den letzten Grund aus dem Weg, den David vorbringen konnte.

„Dein Bike passt in den Kofferraum, also steig einfach ein.“

Sie verstauten die Einkäufe und das Fahrrad im Familien-Van und Finja setzte sich hinter das Steuer.

Das Haus der Familie Burkhard lag nördlich des zentralen Sees der Gemeinde. Große Bäume säumten den Eingangsbereich, das verklinkerte Einfamilienhaus lag von der Straße zurückversetzt. Direkt angeschlossen an das Haupthaus war eine Doppelgarage, gemauert mit dem gleichen roten Backstein. Der Schotter knirschte unter den Reifen, als Finja auf die Einfahrt bog. Synchron schwangen die Türen der Zwillinge auf und leichtfüßig betraten sie das gepflegte Grundstück. David folgte etwas langsamer. Er war vor Monaten einmal zu Besuch gewesen, aber jetzt war die Lage eine andere und eine starke Unsicherheit begleitete ihn. Leise Zweifel nagten an ihm, dass er nicht zufällig hier war. Die Zwillinge wohnten allein mit ihrem Vater. David wusste, dass ihre Mutter vor einigen Jahren an Krebs gestorben war und die drei ein enges Verhältnis zueinander hatten. Herr Burkhard hatte keines der Volleyballspiele seiner Kinder verpasst und nach Sieg oder Niederlage immer die richtigen Worte für die ganze Mannschaft gefunden.

„Komm, ich brauche erst eine Erfrischung, bevor wir loslegen", forderte Luke David auf.

Durch eine kleine hölzerne Pforte betraten sie den Garten. Auf der Natursteinterrasse stand ein großer Tisch aus Metall mit einer glänzenden Glasplatte. Passend dazu luden acht Stühle mit hohen Lehnen und dicken Polstern zum Verweilen ein.

„Setz dich!"

Finja dirigierte David zu einem der Sitzmöbel, bevor sie mit ihrem Bruder durch die Schiebetür ins Haus verschwand. David blieb allein zurück. Er folgte ihrer Aufforderung, rückte sich einen Stuhl zurecht und sank tief in die bequeme Polsterauflage.

„David! Schön, dass du mal wieder hier bist."

David sprang sofort wieder auf, unterdrückte einen Schmerzenslaut in letzter Sekunde und begrüßte den Vater der Zwillinge mit einem festen Händedruck.

„Hallo Herr Burkhard."

„Bitte, Frank reicht."

David lächelte zurückhaltend und nickte. Finja trat auf die Terrasse und rettete ihn aus der unangenehmen Situation.

„Hi Paps."

Finja gab ihrem Vater einen Kuss auf die Wange und stellte einen Krug Eistee auf den Tisch. Luke folgte seiner Schwester, er balancierte ein Tablett mit Gläsern in einer Hand. Nacheinander ließen sich alle auf der Terrasse nieder und ein ungezwungenes Gespräch über den Tag lullte David ein. Er folgte der Unterhaltung schweigend. Ein Knoten wuchs in seinem Magen, ohne dass er den Grund richtig greifen konnte, bis er beschämt feststellte, dass er eifersüchtig war. Eifersüchtig auf den liebevollen und offenen Umgangston zwischen den Familienmitgliedern. Erschrocken über seine eigene Reaktion wandte er sich ab. So tief bin ich gesunken, dachte er angewidert von sich selbst. Jetzt beneide ich schon meine Mitschüler, weil sie eine intakte Familie haben.

„Wir holen mal schnell den Einkauf."

Zeitgleich sprangen die Zwillinge auf. Leicht verspätet erhob sich auch David, wurde aber von Frank gestoppt.

„Bleib sitzen! Du solltest dich lieber schonen."

Erschrocken schaute David auf. Finja hat mich verraten, schoss es ihm durch den Kopf.

„Schonen?", presste er hervor.

„Du musst deinen Knöchel entlasten", sagte Frank bestimmt.

„Leg dein Bein hoch und lass mich deine Verletzung sehen."

Überrumpelt kam David der Aufforderung nach. Er fühlte sich in die Ecke gedrängt.

„Berufsblick", sagte Frank lächelnd, als hätte er Davids Gedanken erraten. „Als Orthopäde erkenne ich eine verletzungsbedingte Schonhaltung."

Mit festem Griff zog er Sneaker und Socke aus und legte behände den Verband frei.

„Hast du den selbst angelegt?"

Frank wickelte den Verband mit geübten Griffen ab und verzog missbilligend das Gesicht. Seine schlanken Finger betasteten routiniert das Gelenk. Die Schwellung war nicht zurückgegangen und die Haut bläulich verfärbt.

„Wann ist das passiert?"

„Dienstag", antwortete David knapp. Die Berührung war auszuhalten, aber die Situation mehr als unangenehm. Vor allem wegen der Hilflosigkeit, die er fühlte, weil er ausgeliefert auf dem Präsentierteller saß.

„Ich mache einen Schultertest, um auszuschließen, dass du einen Außenbandriss hast", erklärte Frank und stellte sich seitlich zu David. „Wir versuchen es mal sitzend, falls das Ergebnis nicht eindeutig ist, müsstest du dich hinlegen, aber lass es uns erst mal so probieren."

Er legte seine Hände auf Ferse und Schienbein. Langsam schob er das Schienbein nach vorn und spürte durch seine Berührung in die innere Bewegung der Sehnen.

„Fühlt sich stabil an, sehr wahrscheinlich ist es nur eine Zerrung. Aber du hast Flüssigkeiten im Gewebe, die nicht abtransportiert werden. Dein Gelenk braucht bedingungslose Schonung, wenn du die Verletzung nicht noch weiter verschleppen willst. Vor allem mit dem

Fahrradfahren muss erst mal Schluss sein. Durch die ständige Rotation hast du dir die Blutergüsse zugefügt und verhinderst die Heilung."

Frank suchte Davids Blick. Sein Tonfall war ruhig, aber bestimmt. Er wollte, dass David verstand, was auf dem Spiel stand. Aber er konnte nicht ahnen, was seine Diagnose bedeutete und wie unmöglich die Umsetzung seiner Empfehlungen für David war.

David nickte mechanisch, zwang sich zu einem zustimmenden Lächeln und versuchte dem Blick ausdruckslos standzuhalten. In seinem Kopf arbeitete es. Natürlich wusste er, dass er sich nichts Gutes tat, aber welche Wahl hatte er? Er konnte es sich nicht auf einer Couch gemütlich machen, weil er keine hatte. Aber Frank konnte nichts dafür, er half nur mit ärztlichem Rat.

„Ich würde dir das Sprunggelenk gern mit einem Tape stabilisieren, das bietet dir einen höheren Komfort als ein Verband."

Ohne auf eine Antwort zu warten, ging Frank ins Haus und ließ David allein zurück. Am liebsten hätte er die Flucht ergriffen. Zurück in die Einsamkeit in seinem verwitterten Betonklotz. Auch wenn er wieder zehn Kilometer zurücklegen musste, um dorthin zu kommen. Die damit verbundenen Schmerzen waren verlockender, als hier weiter festzusitzen.

Mit einer blauen Taperolle kam Frank zurück und bandagierte den Knöchel.

„Das Tape kann dranbleiben, bis es sich von allein löst. Versuch es nur trocken zu halten."

„Danke", brachte David heiser hervor. Seine Kehle fühlte sich rau an, wegen all der Dinge, die er nicht aussprach. Um sich zu beschäftigen, zog er Socke und Schuh wieder an und setzte sich aufrecht hin.

Finja kam in den Garten und befreite ihn von dem peinlichen Schweigen. Frank zog sich zurück und überließ den versorgten Gast seiner Tochter, nachdem sie einen kurzen Blick ausgetauscht hatten.

„Bist du böse auf mich?"

David schüttelte den Kopf, konnte sie aber nicht ansehen.

„Ich wollte dich nicht überrumpeln, aber du hast Schmerzen, und offensichtlich warst du noch nicht bei einem Arzt."

„Na und?", fuhr David Finja an. Er sprach lauter, als er gewollt hatte, und bereute seinen Ausbruch sofort. Sie verfolgte sicher die besten Absichten und hatte ihm nur helfen wollen. Sie konnte ja nicht wissen, wie verkorkst seine Lage war. Trotzdem schaffte er es nicht, sich zu stoppen, und schlug weiter verbal um sich.

„Ich bin nicht dein Sozialprojekt. Denkst du, ich weiß nicht, dass ich ins Bett gehöre? Dass ich die Füße hochlegen muss? Ich kann es aber nicht. Ich muss arbeiten, brauch etwas zu essen. Und ich habe kein Scheißbett!"

Bevor er merkte, was er gesagt hatte, war es zu spät. Erschüttert sah Finja ihn an und wollte gerade etwas erwidern, aber David schnitt ihr das Wort ab.

„Vergiss es!", antwortete er zittrig. Seine Wut war verflogen und zurück blieb das dumpfe Gefühl, sich verraten und die Falsche mit seinen Worten getroffen zu haben. Eilig stand er auf und verließ den Garten. Sein Mountainbike stand neben dem Auto. Halt suchend griff er nach dem Lenker, schulterte seinen Rucksack und floh.

„David, warte!", rief Finja ihm hinterher, aber David blieb nicht stehen.

„Ich hab es kapiert, ich fahr nicht. Ich laufe bloß zur Bushaltestelle“, rief er zum Abschied.

KAPITEL 5

David

Die Bahn war fast leer. David saß allein in einer Vierersitzgruppe und hatte den Kopf an das Fenster gelehnt. Außer ihm gab es in dem Abteil nur eine Handvoll Mitfahrer, und bis auf surrende Fahrgeräusche war es angenehm still. Die Bahnstrecke verband seit über hundert Jahren den nördlichen Stadtrand von Berlin mit dem Oberhavelland und dem Barnim. Seine Fahrt über drei Stationen war ein Kompromiss. Obwohl er das Wochenende allein und mit selbstzerstörerischen Gedanken verbracht hatte, machte ihm die Verletzung weiterhin jede Bewegung zur Qual. Vom kleinen Vorortbahnhof schleppte er sich noch drei Kilometer durch den Wald, was ihn mit einem Ast als Stütze eine gute Stunde kostete. Das Fahrrad stand ungenutzt in dem verlassenen Bungalow und er hoffte, bald wieder zu seiner alten Routine zurückkehren zu können. Drei Schultage hatte er schon überstanden und es trotz des umständlichen Weges pünktlich zum Unterricht geschafft. Er wollte keine weitere Aufmerksamkeit mehr auf sich ziehen und ging auch den Zwillingen aus dem Weg. Mithilfe der Kopfhörer schottete er sich ab, und auch wenn keine Musik lief, schützten sie ihn davor, angesprochen zu werden. Er spürte die Blicke der Geschwister im Rücken, wenn sie sich auf dem Gelände zufällig begegneten, fühlte sich aber nicht in der Lage, sich Finja zu stellen. Er wusste, dass er sich entschuldigen musste, aber der Schaden war angerichtet. Sein einziger Wunsch war, bis zu den Ferien unter dem Radar zu bleiben und sich vollends von allen zu isolieren. Dann konnte er sich wenigstens nicht mehr verplappern.

Eine kurze Melodie kündigte die nächste Haltestelle an und David humpelte zur Tür. Auf Knopfdruck glitten die Türen zischend auseinander und er trat auf den schmalen Bahnsteig. Ohne sich umzusehen, lief er über den kleinen Parkplatz und wollte sich gerade von der Hauptstraße abwenden, als jemand seinen Namen rief.

„David? Was machst du denn hier?"

Luke schlug die Fahrertür hinter sich zu und musterte ihn neugierig. David bereute, die Kopfhörer nach der Schule im Rucksack verstaut zu haben. Er hatte nicht damit gerechnet, außerhalb des Geländes überrumpelt zu werden. Automatisch glitt sein Blick zur Beifahrertür und er registrierte erleichtert, dass Luke allein war.

„Alter, was ist los? Wo warst du am Samstag?"

„Ich habe den ärztlichen Rat deines Vaters befolgt und den Fuß ruhiggestellt", redete David sich heraus.

„Quatsch, Mann, du gehst mir aus dem Weg. Du gehst uns aus dem Weg. Was ist zwischen Finja und dir passiert?"

„Nichts", antwortete David lahm, aber Luke lachte spöttisch.

„Natürlich. Du hast sie angeschrien und konntest gar nicht schnell genug davonkommen! Sie sagt auch keinen Ton, aber was auch immer das ist, klärt das!"

David nickte mechanisch und Luke setzte sofort nach.

„Komm, setz dich zu uns, dann können wir das gleich aus der Welt schaffen."

Wie immer fragte Luke nicht, sondern bestimmte, und David folgte ihm trotz seines inneren Widerstands auf die andere Straßenseite. Sie überquerten ein weiteres Schienenpaar und gingen auf ein altes Bahnhofsgebäude zu. Im hinteren Teil des Fachwerkbaus befand sich der Eingang zu einem Café, und ohne sich umzublicken, ob David ihm folgte, trat Luke ein und ging durch den Gastraum in den Garten. Die Plätze unter den Sonnenschirmen waren fast alle belegt und heiteres Stimmengewirr lag in der Luft.

„Hi Mädels", grüßte Luke seine Schwester und zwei ihrer Freundinnen und ließ sich locker auf einen freien Stuhl fallen. „Schaut mal, wen ich draußen gefunden habe."

David trat ebenfalls heran und grüßte die Runde. Der einzige freie Platz war neben Finja und Luke grinste, als hätte er sich absichtlich auf die andere Tischseite gesetzt, um die Nähe zwischen ihnen zu forcieren.

„David, schön dich mal außerhalb der Schule zu sehen."

Verena freute sich ganz offensichtlich und wickelte sich verspielt eine dunkle, gelockte Haarsträhne um den Finger. Sie und Sandra, die an der Stirnseite des Tisches saß, waren in ihrer Klassenstufe, sie hatten einige Kurse zusammen. Aber außer ihren Namen wusste David nichts über die Mädchen und hatte auch nie Lust verspürt, mehr zu erfahren. Im Gegenteil machte er um Verena den größtmöglichen Bogen, weil sie ihn immer mit anzüglichen Blicken durchbohrte. Finja und Sandra begrüßten ihn mit einem knappen Lächeln und David setzte sich.

„Weißt du schon, was du nimmst?“, wandte Luke sich an David und hielt ihm die Karte auffordernd hin.

David schüttelte den Kopf.

„Ich brauche nichts, ich bleib nicht lange.“

Bevor Luke etwas erwidern konnte, mischte sich Verena ein.

„Wieso? Du bist doch eben erst gekommen. Wir sprechen gerade über die Sommerferien. Was sind deine Pläne?“

Sie saß ihm gegenüber und suchte unter dem Tisch mit ihrem Fuß Kontakt. Leider traf sie den verstauchten Knöchel, bevor ihre Zehen an seinem Bein hochwanderten. David zuckte kurz schmerzvoll zusammen und rutschte ein Stück nach hinten, um aus der Gefahrenzone zu kommen. Er hoffte, die Geste würde deutlich zeigen, dass er kein Interesse hatte. Leider beachtete Verena seine Ablehnung nicht und plauderte unbeeindruckt weiter.

„Finja hat von ihrem Praktikum in der Klinik erzählt, da wird sie wohl den Sommer über hier festsitzen. Ich bin noch unschlüssig, ob ich surfen lerne oder einfach bei Stand-up-Paddling bleibe. Auf jeden Fall fahre ich für einige Wochen ans Meer.“

Sie streckte die Arme aus und begutachtete seufzend die fehlende Bräune ihrer nackten Haut. „Der Sommer verläuft ja ziemlich mau.“

„Rena, wir sitzen doch gerade bei schönstem Wetter hier und essen Eis. Jetzt sei doch mal zufrieden!“, mischte Sandra sich ein. Missbilligend schüttelte sie den Kopf über die Klage ihrer Freundin und ihre kinnlangen, rot schimmernden Haare fielen ihr ins rundliche Gesicht.

„Eis ist mein Stichwort. Ich geh mal schnell bestellen. Darf ich den Ladys etwas mitbringen?“, fragte Luke charmant und erhob sich. Er stellte die Speisekarte auf den Tisch, drehte die Tischnummer zu sich und prägte sich die Zahlen ein.

„Ich nehme noch eine Coke Zero“, bat Verena und Luke nickte bestätigend.

Er suchte Davids Blick, aber dieser schüttelte nur leicht den Kopf.

„Also, wie sind deine Pläne?“, fragte Verena erneut und versuchte Davids Aufmerksamkeit wieder auf sich zu lenken.

„Ich habe keine. Ich werde einfach arbeiten.“

Verena verzog die Lippen zu einem Schmollmund, um ihren Unmut zu zeigen, und ihre stark geschminkten Augenbrauen zogen sich skeptisch zusammen.

„Das klingt aber nicht nach Spaß. Arbeitest du nicht neben der Schule schon ständig?“

„Ich will den Führerschein machen und vielleicht reicht es noch für ein Auto“, gab David seine Standardantwort, die meist akzeptiert wurde und vom eigentlichen Grund ablenkte.

Sein Plan funktionierte. Verena griff das Thema sofort auf und erzählte voller Stolz von ihrem Traum, ein kleines Cabrio zu besitzen. David folgte der anschließenden Diskussion über Autos oberflächlich und suchte fieberhaft nach einer glaubhaften Ausrede, um aus dem Café zu flüchten. Small Talk strengte ihn an. Früher war er alles andere als menschenscheu gewesen, aber der verheerende Unfall hatte das unbekümmerte Leben, das er kannte, zerstört. Der Umzug hatte ein Neuanfang sein sollen. Eine Möglichkeit, die Erinnerungen zurückzulassen und nach vorne zu schauen. Jedenfalls hatte es sich seine Mutter gewünscht. Ihm war es egal gewesen, er lebte nur, um ihr nicht noch mehr Kummer zu machen, aber der Ortswechsel hatte nicht geholfen. Auf eine kurze helle Phase war Dunkelheit gefolgt und scheinbar erholte sie sich nicht davon, sondern erlitt weitere Rückschläge. David hatte sich bemüht sich anzupassen, unauffällig mitzuschwimmen. Niemand kannte seine Vergangenheit. Niemand bedachte ihn mit abfälligen oder mitleidigen Blicken, trotzdem war er ein Puzzlestück, das nicht passte. Es war schwer, die Tatsache zu leugnen, dass er sich selbst ausgrenzte. Die Schuld, die er mit sich trug, war nicht im Altenburger Land geblieben, sie war ein fester Bestandteil von ihm und sonderte ihn ab. Er betrachtete sich voller Abscheu, wenn er in einen Spiegel sah. Ein Teil von ihm wusste, dass er Hilfe brauchte, aber eine lautere Stimme drängte dieses Wissen zurück, lachte ihn aus und befahl ihm, still zu sein und sich nicht so anzustellen. Er hatte überlebt, und das war mehr, als ihm zustand.

„Der Eiskaffee?“, fragte die Bedienung, die an ihren Tisch getreten war. Sie hatte das runde Tablett mit den Getränken abgestellt und verteilte die Eisbecher.

„Für den Herrn im schwarzen Shirt“, antwortete Luke und zeigte auf David. David wollte zum Protest ansetzen, aber Luke schnitt ihm das Wort ab.

„Du trinkst diese scheußliche Plörre aus dem Schulautomaten, da wirst du doch keinen feinsten, aus frischen Bohnen gepressten Kaffee mit Vanilleeis zurückgehen lassen. Geht auf mich, immerhin ist heute dein Geburtstag.“

Erschrocken fuhr Davids Kopf hoch. Woher wusste Luke das? Was gab ihm das Recht, sein Geheimnis auszuposaunen?

„Was? Und du sitzt hier und sagst nichts?“, quietschte Verena, stand eilig auf und kam um den Tisch, um ihn zu umarmen.

Sandra und Finja gratulierten ihm zurückhaltender und Luke schlürfte geräuschvoll seine Coke durch den Strohhalm.

„Happy Birthday Alter. Dachtest wohl, du kannst das vor uns geheim halten, was? Aber nicht mit mir, die Schulsekretärin frisst mir aus der Hand. Für eine Tüte Gummibärchen bekomme ich alles, und ich mache schließlich die Verwaltung für die Volleyball AG, da gibt es kein Datenschutzblabla.“

Luke lachte herzlich und freute sich über die gelungene Überraschung. David konnte die Freude nicht teilen. Er wollte nicht im Mittelpunkt stehen. Erfolgreich hatte er seinen Geburtstag verdrängt, was gut funktionierte, wenn ihm niemand gratulierte. Gefeiert hatte er diesen Tag das letzte Mal vor zwei Jahren, und daran zu denken war zu schmerzlich. Sämtliche Feiertage, die danach folgten, waren ersatzlos ausgefallen. Unbewusst strich er über eine Narbe am Haaransatz. Auf der Höhe der rechten Schläfe war ein gut fünf Zentimeter langer Cut, der langsam verblasste. Torstens Geschenk zu seinem Geburtstag im vergangenen Jahr. Eine Eskalation, die selbst zu seiner Mutter durchgedrungen war und den Umzug nach Brandenburg ausgelöst hatte. Dieses Mal brauchte er dringend eine eigene Wohnung, wenn er im Winter nicht im Wald erfrieren wollte. Aber seine Chancen standen schlecht und er schreckte vor dem Gang zum Amt zurück. Er hatte Angst vor einer weiteren vernichtenden Enttäuschung.

„Auf die Volljährigkeit, Alter.“

Alle protesteten ihm zu, und mit leichter Verzögerung folgte David der Aufforderung und hob den hohen Kelch, in dem dunkel der Kaffee schwamm. Sein Lächeln glich einer verrutschten Maske, aber niemand schien es zu bemerken. Er nippte an dem kalten Getränk und presste ein „Danke!“ hervor.

Volljährig zu sein, bedeutete für ihn, dass niemand mehr verpflichtet war, ihm auf irgendeine Art zu helfen. Er war kein obdachloser Jugendlicher mehr, eine Kategorie Mensch, die es offiziell auch nicht gab, weil Elternhaus oder Heim als Adresse zählten. Jetzt war er nur noch ein Obdachloser. Einer von fast einer Million hoffnungslosen, gestrandeten Fällen. Rechtlich eigenständig und offiziell auf sich allein gestellt. Wenn das kein Grund zum Feiern ist, dachte David freudlos.

Die Gespräche am Tisch wurden wieder aufgenommen und mit lautem Klappern kratzten die anderen den letzten Rest aus den Eisbechern.

„Mist, schon so spät?“, entfuhr es Sandra mit einem Blick auf die Uhr. Sie wandte sich an Verena und drängte: „Komm, wir müssen die Bahn erwischen, sonst schaffen wir es nicht pünktlich zur Probe.“

Sandra schwang ihren Rucksack über eine Schulter und gab Finja einen Kuss auf die Wange. Zum Abschied klopfte sie auf die Tischplatte und lächelte David an.

„Genieß deinen Ehrentag noch!“

Bevor David antworten konnte, fand er sich in Verenas Armen wieder, die ihn zum Abschied einen feuchten Kuss auf die Wange drückte. Ihre Locken kitzelten ihn und er widerstand mit Mühe dem Impuls sich zu befreien.

„Na, da ist aber jemand in dich verschossen“, raunte Luke ihm zu und Finja verdrehte die Augen.

„Hör auf, gleich wieder zu lästern“, rügte sie ihren Bruder.

„Außerdem kommst du selbst auch zu spät.“

„Alles im Blick.“

Luke trank die Cola mit einem letzten Zug leer.

„Tut mir leid, wenn es dir unangenehm war. Ich wollte dich nicht bloßstellen.“

Luke fixierte David zum Abschied. In seinem Blick lag echtes Bedauern und seine Fröhlichkeit war der Sorge gewichen.

„Schon gut, war nett von dir.“

„Nett ist die kleine Schwester von scheiße“, konterte Luke ernst, lachte die Zweifel dann aber weg und klopfte zum Abschied ebenfalls auf den Tisch.

„Da waren es nur noch zwei“, murmelte Finja.

David schluckte. Er wollte am liebsten ebenfalls aufstehen und gehen, aber er musste sich endlich bei ihr entschuldigen. Diese Chance durfte er nicht verstreichen lassen.

„Letzten Freitag …“, begann er unbeholfen. „Ich habe mich wie ein Arschloch verhalten.“

„Entschuldigung angenommen“, unterbrach Finja sein Gestammel. „Ich hätte dich vorwarnen sollen. Ich bin manchmal etwas stürmisch, wenn ich helfen will.“

„Aber du hast geholfen. Das Tape ist eine große Erleichterung.“

„Und dein Fahrrad ist stillgelegt.“

David nickte.

„Darf ich dich zum Essen einladen?“, fragte Finja geradeheraus. „Wäre doch schade, wenn du den restlichen Tag allein verbringst. Oder hast du schon andere Pläne?“

„Nein“, antwortete David ehrlich.

„Dann komm mit. Du kannst doch an deinem Geburtstag nicht nur labberige Nudeln aus der Schulkantine essen."

„Ich hatte einen Eiskaffee", merkte David an, aber Finja ließ das nicht gelten.

„Hast du ein Problem damit, von einem Mädchen eingeladen zu werden?", setzte sie nach und ein leicht herausforderndes Lächeln umspielte ihre Lippen. Die Sonne war weitergezogen und ihre Strahlen umrahmten Finja. Sie trug ihr Haar heute offen und golden schmiegte es sich um ihr ovales Gesicht. Sommersprossen tanzten um ihre Nase, sie passten zu ihrem blumigen Look aus einer pastellfarbenen Tunika und einer weiten Bermudahose mit verspieltem Muster. Gefühle regten sich, die er sofort erstickte.

„Nein, das verträgt mein Ego schon."

Ungläubig hielt er die Luft an. Sein Herz hatte seinen Verstand überrumpelt und ihn übereilt reagieren lassen. Er war so ausgehungert nach Gesellschaft, dass er sich selbst überlistet hatte. Sein Verstand schoss dazwischen und warnte ihn, eine Dummheit zu begehen. Schnell stellte er Forderungen, um den möglichen Schaden in Grenzen zu halten.

„Aber nur unter der Bedingung, dass du meinen Geburtstag nicht mehr erwähnst und wir nicht über mich reden."

„Das sind zwei Bedingungen", korrigierte Finja, stand auf und wandte sich zum Gehen.

KAPITEL 6

Finja

„Würdest du eher die Sehschärfe oder das Farbensehen opfern?“, fragte David.

Finja saugte die kalte Flüssigkeit des Cocktails geräuschlos durch den Strohhalm und überlegte.

„Sehschärfe“, antwortete sie bestimmt. „Wenn alles auf Ewigkeiten grau ist, wäre das deprimierend. Lieber verschwommen als farblos.“ Sie las die nächste Frage vom Handy ab: „Würdest du lieber ein Fisch oder ein Vogel sein?“

„Vogel“, reagierte David ohne zu zögern. „Hoch und weg.“

Er ließ seinen Blick aus dem Fenster schweifen und verfolgte den anmutigen Gleitflug eines graubraunen Raubvogels. Finja beobachtete sein Profil und wartete geduldig, bis seine Aufmerksamkeit zurück in den Gastraum des Italieners wanderte. Ihr war aufgefallen, dass er häufig wegdriftete. Sie hätte gern gewusst, wohin er in Gedanken verschwand, aber sie respektierte seine Bitte, heute Abend nicht über ihn zu sprechen, und begnügte sich damit, ihn mit lustigen, oberflächlichen Fragespielen abzulenken. Sie wollte ihm ein unbeschwertes Geburtstagsessen schenken und freute sich jedes Mal, wenn er lachte und seine grauen Augen ehrlich vergnügt aufblitzten. Wenn sich der düstere Vorhang kurz hob und der David durchschimmerte, den sie auf dem Spielfeld erlebt hatte und den sie sich auf der anderen Seite des Tisches wünschte. Für David, aber auch für sich selbst. Es fiel ihr schwer, die Schwermut zu ignorieren, die aus seiner Haltung und seinen Gesten sprach.

„Würdest du lieber ein Zwerg oder ein Riese sein?"

Davids dunkle Stimme holte sie aus ihren Überlegungen und sie trank noch einen Schluck, um zu überspielen, dass sie sich ertappt fühlte. Sie hatte keinen ihrer Gedanken laut ausgesprochen, aber es fühlte sich an, als würde sie David emotional ausspionieren.

„Blöde Frage. Ich bin ein Zwerg, das bleib ich auch."

David schenkte ihr ein warmes Lächeln und Finjas Herz schlug unerwartet heftig. Genau solche Reaktionen erfreuten sie, auch wenn sie nur flüchtig waren.

„Würdest du lieber für immer einen Helm oder eine Warnweste tragen?"

David runzelte die Stirn und sie prustete laut.

„Findest du die Vorstellung so lustig?", fragte er amüsiert.

„Unbedingt!", brachte Finja lachend hervor. „Ich glaub, so ein gelber Schutzhelm würde dir ausgezeichnet stehen."

„Wegen meinem sonnigen Gemüt?", fragte er trocken. „Dann nehme ich lieber die Warnweste."

Er trank einen Schluck von seinem Mojito, aber irgendwie wurde sein Glas nicht leerer. Der kurze fröhliche Moment war vorbei und Finja sah, wie sich wieder ein Schatten über sein Gesicht legte, und las schnell die nächste Frage vor.

„Würdest du eher unsichtbar sein oder einen Röntgenblick wollen?"

„Unsichtbar."

Sie schluckte wegen der Heftigkeit seiner Antwort und meinte zu spüren, wie die Temperatur im Raum um einige Grad fiel. Seine nächste Frage kam so schnell, dass sie keine Zeit für eine Rückfrage ließ.

„Stumm oder taub?"

„Stumm."

„Hättest du dich anders entschieden?"

Neugierig beobachtete sie ihn, weil er auf ihre Antwort mit leichtem Kopfschütteln reagierte.

„Ja", gab David zu. „Es wäre eine Erleichterung, alles ausblenden zu können. Komplett."

„Davon verstummen deine inneren Stimmen aber nicht", konterte Finja leise und hielt seinen Blick fest. Für einen kurzen Moment sah sie, wie seine wütenden, tobenden Gefühle die grauen Augen verdunkelten. Mit der nächsten Frage versuchte Finja ihn wieder milder zu stimmen: „Kühlschrank oder Handy?"

„Kühlschrank."

„Ich glaube, du bist der Einzige in unserem Jahrgang, der sich so entscheidet."

David zuckte mit den Schultern.

„Luke trinkt doch bestimmt auch lieber kühles Bier."

„Aber ohne seine Prothese könnte er nicht überleben", spottete Finja und spielte mit dem Strohhalm in den Schaumresten ihrer Piña Colada.

„Möchtest du noch etwas trinken?", fragte sie, obwohl die Minzeblätter in Davids Cocktail noch in ausreichend Flüssigkeit schwammen.

„Nein danke", wehrte er ab. „Ich mache mich auf den Weg."

„Soll Luke dich fahren?“, bot Finja an, aber David lehnte ab.

„Nicht nötig. Ich nehme die nächste Bahn.“

„Okay“, lenkte Finja ein und verschwand zur Toilette. Es gab die geringe Chance, dass David nicht mehr da war, wenn sie zurückkehrte, aber sie wollte den Moment auch nutzen, um zu zahlen. So blieb ihnen der unangenehme Augenblick am Tisch erspart, auch wenn David zugestimmt hatte, sich einladen zu lassen. Unbemerkt trat sie an den Tresen und beglich den Betrag mit ihrer EC-Karte. Zu ihrer Freude wartete David bei ihrer Rückkehr und gemeinsam verließen sie das Restaurant.

„Danke für die Einladung.“

David schaute zu Boden. Die Hände tief in den Jeanstaschen vergraben.

„Es war ein schöner Abend“, erwiderte Finja, aber er antwortete mit einem Schnauben.

„Schon gut, du musst nicht so tun. Ich weiß, welche schreckliche Gesellschaft ich bin.“

Er versuchte zu lachen, um die Bemerkung als Scherz abzumildern, und ging, bevor sie ihre Sprache wiederfand. Erschüttert schaute sie ihm hinterher, wie er zielstrebig und leicht humpelnd auf den Bahnhof zusteuerte. Sie wusste, was es bedeutete, sich Sorgen um ein enges Familienmitglied zu machen. Was es mit einem anstellte, einen geliebten, vertrauten Menschen an eine Krankheit zu verlieren, die einen Menschen von Grund auf verändert. Sie würde ihm gern beistehen, aber erst einmal brauchte sie sein Vertrauen, das sie sich in vielerlei Hinsicht wünschte.

KAPITEL 7

David

David nahm noch einen tiefen Atemzug, näherte sich den Glastüren und betrat das dreistöckige Gebäude. Suchend sah er sich nach dem Treppenhaus um und ging zu Fuß in den obersten Stock. Er stieß die Tür zum Flur auf und stöhnte. Die Wände waren bis auf Brusthöhe gelb gestrichen. Sofort musste er an das Farbkonzept der Schule denken. Gab es keine effektivere Art, aufgesetzte Fröhlichkeit auszustrahlen? Dieser Zwang, Glücksgefühle auszulösen, ärgerte ihn und erreichte das Gegenteil. Wer kam in ein Berufsberatungszentrum, weil er glücklich war? Eher doch, weil die Perspektive fehlte und man keinen Rat wusste oder keine Ahnung hatte, was man mit seinem Leben anfangen sollte.

Die Farbexplosion setzte sich im Wartebereich fort. Eine großzügige königsblaue Sofalandschaft mit orangen Kissen wartete auf die Gäste. David befand sich in den Räumen der Agentur für Arbeit, die einen eigenen Bereich für junge Menschen geschaffen hatte, die Jugendberufsagentur. Ein Plakat, das den Charme eines Holi Festivals mit jubelnden Silhouetten widerspiegelte, begrüßte die Besucher mit dem Slogan Die Zukunfts-

Checker. David schloss die Augen und versuchte, die aufgezwungene Zuversicht zu verdrängen. Er wandte sich zum Empfangstresen und schilderte der Angestellten sein Anliegen. Sie schaute demonstrativ auf die Wanduhr, bevor sie ihm eine Wartenummer zuteilte. Er ignorierte die offene Ablehnung seiner späten Ankunft. Obwohl er den letzten Unterrichtsblock geschwänzt hatte und zügig mit dem Fahrrad hergefahren war, hatte er es erst eine Viertelstunde vor Ende der Besuchszeiten geschafft und schon geahnt, dass er nicht mit Freude empfangen werden würde. Montag war ein kurzer Tag für das Beratungszentrum und vielleicht wurde man an den langen Tagen freundlicher empfangen. Aber das kollidierte leider mit seinen Schichten.

Als einziger Besucher nahm er auf dem grellen Sofa Platz. Vielleicht war kurz vor den Sommerferien keiner mehr auf der Suche oder sie beteten die Sonne an, die sich nach einem verregneten Frühling heute den ersten Tag lang beständig zeigte. David versuchte zu verdrängen, wie wichtig die Optionen waren, die ihm geboten werden würden, und suchte in den Broschüren nach Ablenkung. Noch mehr Sprüche prasselten auf ihn ein und seine Stimmung sank mit jedem Wort, das er las. In seiner Realität waren all diese Werbeleben unerreichbar.

Die Zeit kroch schleichend dahin und seine Nervosität nahm zu. Sein Bein lag erhöht auf der Couch, aber er achtete darauf, den Stoff nicht mit seinem Schuh zu beschmutzen. Seit dem Wochenende fuhr er wieder Fahrrad. Ihn begleitete noch ein leichtes Ziehen bei unbedachten Bewegungen, aber nach einem langen, anstrengenden Tag mit viel Belastung spürte er die Verletzung weiterhin deutlich.

Ein Signal ertönte und seine Wartenummer erschien auf der digitalen Anzeigetafel. Er erhob sich und trat in das zugewiesene Zimmer. Die Berufsberaterin saß hinter einem großen Schreibtisch und sah bei der beiläufigen Begrüßung nicht vom Bildschirm auf. David setzte sich und wartete auf eine Aufforderung. Ihre Zeigefinger tippten ein paar Mal auf die Maustaste.

„So, was kann ich für Sie tun?“

Sie nahm die Hand von der Computermaus, schob die randlose Brille zurecht und schaute ihn direkt an.

„Ich würde …“, begann David zögerlich und wurde von Frau Saatow, so stand es auf ihrem Namensschild, unterbrochen.

„Sagen Sie mir bitte erst Ihren Namen. Sind Sie schon im System hinterlegt?“

David schüttelte den Kopf. Sein Mut sank Stück für Stück und er bereute, sich auf den Weg gemacht zu haben. Trotzdem nannte er seinen Namen und wartete, während sie sich durch die Menüs klickte und das passende Formular öffnete.

„Geburtsdatum?“

„Fünfter Juni 2001.“

„Herzlichen Glückwunsch nachträglich.“ Kurz schaute sie auf, schenkte ihm ein aufmunterndes Lächeln und David bedankte sich. „Anschrift?“

David versteifte sich. Natürlich wusste er, dass diese Frage zum Prozess gehörte, aber Torstens Adresse zu nennen, kam ihm falsch vor.

„Bitte nutzen Sie diese Adresse nicht, um Post zuzustellen“, ergänzte David, nachdem er alle zugehörigen Daten genannt hatte.

Die Bearbeiterin schaute auf und musterte ihn fragend.

„Das ist der Grund, warum ich hier bin. Ich will … muss ausziehen. Ich jobbe neben der Schule, aber es reicht leider nicht für eine Unterkunft. Ich …“

„Sie möchten vom Amt eine Wohnung finanziert bekommen?“, fragte sie mit einem vorwurfsvollen Unterton.

„Ich wollte mich erkundigen, welche Möglichkeiten der Unterstützung es gibt“, korrigierte David sie und zwang sich, hoffnungsvoll zu bleiben. Seine Hände waren bereits schweißnass und er unterdrückte den Impuls, sie an der Jeans abzuwischen. Dachte sie etwa, er würde gern hier sitzen und um Geld betteln? Allein hier zu sein, kostete ihn große Überwindung, und er glaubte nicht daran, dass ihm irgendetwas zustand. Aber er hatte Alex versprochen weiterzumachen, und deswegen musste er nach diesem Strohhalm greifen. Er war am Ende seiner eigenen Kraft.

„Gibt es besondere soziale Umstände, die einen Auszug erforderlich machen?“

David überlegte, was er darauf antworten sollte. Zählte es, dass sein Stiefvater ihn rausgeworfen hatte? Zählte es, dass er die soziale Leiter hinabgestürzt war und auf dem Betonboden die Nächte verbrachte? Die Mitarbeiterin des Amtes konnte nicht ahnen, welches der wahre Grund hinter Davids Bitte war, und er wollte auch nicht, dass Sie mehr erfuhr. Vielleicht war Obdachlosigkeit besonders genug, aber er wollte seine Mutter weiterhin schützen.

„Welche wären das?“, brachte er tonlos hervor.

„Nachweis unüberbrückbarer Differenzen zum Beispiel. Wenn Sie triftige Gründe bezeugen können, können Sie das Jugendamt um Hilfe bitten. Sie können Unterhalt einklagen. Wenn die Prüfung ein zu geringes

Einkommen ergibt, können Sie Zuschüsse beantragen", zählte Frau Voss sachlich auf. „Wenn Ihre Eltern der Unterhaltspflicht nicht nachkommen, können Sie einen Abzweigungsantrag für Kindergeld stellen. Das steht Ihnen zu, sobald Sie einen eigenen Wohnsitz nachweisen können."

Das Wort Eltern ließ ihn zusammenzucken. Seine Familienkonstellation war schwierig und einer der Gründe für seine hilflose Situation, aber David wollte die Beraterin nicht korrigieren. Er kannte seinen echten Vater nicht. Wusste nicht einmal, ob dieser von seiner Existenz wusste. Seine Mutter und Torsten waren verheiratet, deswegen würde Torstens Einkommen in der Berechnung von Unterhaltszahlungen berücksichtigt werden, auch wenn sein Stiefvater nie die Vaterschaft übernommen hatte.

„Wann endet denn die Unterhaltspflicht?", brachte David mühsam hervor. Er wollte keine Verpflichtung sein, davon abgesehen, dass niemand dieser nachkommen würde.

„Die Betreuungspflicht ist mit der Volljährigkeit beendet, aber so lange Sie eine schulische oder berufliche Ausbildung machen, sind Ihre Eltern angehalten, Ihren Lebensbedarf zu decken. Das ist nicht abhängig vom Alter, sondern von Ihrem Bildungsweg. Stellen Sie gerne einen Antrag auf Festsetzung von Unterhalt beim Familiengericht."

„Familiengericht?"

David schluckte. Er würde seine Mutter nicht verklagen. Wenn das seine einzige Chance war, würde er in dem Bungalow verrotten. Er hatte genug gehört, um zu wissen, dass seine Lage so ausweglos war, wie er es vermutet hatte. Es hatte keinen Sinn, weiter nach einem

Schlupfloch zu suchen. Er war achtzehn, aber die Volljährigkeit verschaffte ihm nicht automatisch Unabhängigkeit.

„Ja, das gehört zum Amtsgericht der Stadt. Wenn Sie sich dabei unwohl fühlen, kann ich Ihnen auch hier bei den nötigen Unterlagen helfen."

„Endet die Pflicht, wenn ich die Schule abbreche?", fragte er stockend.

„Ja, Sie haben das Recht, die schulische Ausbildung abzubrechen. Sie können sich auf der Basis Ihres Abschlusses eine Arbeit suchen, wenn es Ihnen wichtig ist, auf eigenen Beinen zu stehen. Auch eine gut bezahlte Ausbildung könnte Ihnen Ihren Wunsch ermöglichen."

David unterdrückte ein trockenes Lachen. Er stand nicht, sondern befand sich im freien Fall. Und dass Wünsche nicht in Erfüllung gingen, hatte er bereits bitter zu spüren bekommen.

„Ich kann Ihnen einige Stellen heraussuchen. Mit einer Vollzeitanstellung hätten Sie auch ungelernt die Möglichkeit, Ihren Unterhalt eigenständig zu bestreiten", schlug die Berufsberaterin vor. Ihr Ton war freundlich und verständnisvoll. Kurz zögerte sie und musterte ihn aufmerksam, aber dann wandte sie sich ab und fing an, ihm einige Fragen zu seinen Interessen, Erfahrungen und Qualifikationen zu stellen und das System damit zu füttern. David antwortete mechanisch, konnte aber außer einem passablen Realschulabschluss und seinen aktuellen Aushilfsjobs nichts vorweisen. Auf die meisten Fragen reagierte er nur mit einem Kopfschütteln. Irgendwann ratterte der Drucker und spuckte Stellengesuche aus. Frau Saatow hatte ihm bestimmt mitgeteilt, von welcher Art die Anzeigen waren, aber er erinnerte sich nicht. Sie sagte noch irgendetwas über den weiteren Beratungsprozess, sicher bot sie Unterstützung bei der Bewerbung an und lud ihn zu einem Folgegespräch ein. Er antwortete, ohne dass ihn die Informationen erreichten. Watte füllte seinen Kopf und das Atmen fiel ihm schwer.

„Danke für Ihre Zeit", presste er irgendwann hervor, den Rucksack schützend vor seinen Oberkörper gedrückt. Die Hände krallten sich so fest in den Stoff, dass die Knöchel weiß hervortraten. Er flüchtete ohne zurückzublicken. Die Erkenntnis, dass es für ihn keine Möglichkeit gab, die Schule zu beenden, erreichte Stück für Stück sein Bewusstsein. Damit würde er sein Versprechen gegenüber Alex brechen, und dieses Versprechen war das Einzige, das es ihm noch erlaubte am Leben zu sein.

Wie fremdgesteuert verließ er das Gebäude und machte sich auf den Rückweg. Anders als nach dem missglückten Besuch in der Klinik spürte er keine Wut. Stattdessen war er vollkommen entkräftet und wusste nicht, wie er nur eine Umdrehung der Pedale schaffen sollte. Mental ausgelaugt erreichte er den Bungalow. Mit zitternden Fingern öffnete er das Versteck in der baufälligen Terrasse, zog seine Tasche hervor und stolperte in seine Zufluchtsstätte. Fahrig breitete er die Isomatte aus und rollte sich darauf zusammen. Er hatte jedes Zeitgefühl verloren, wusste nicht, ob es noch Nachmittag war oder schon Abend, aber es gab nichts mehr für ihn zu tun. Aus den Kopfhörern drangen die harten Schlagzeugsequenzen aus dem Album „Break the Cycle" von Staind, aber selbst die schwermütigen Texte erreichten ihn nicht. Mit leerem Blick starrte er auf die bekritzelten Wände.

Ernüchtert fuhr sich David mit der Hand über die Augen und ließ den Kopf in den Nacken sinken. Er saß an einem Computerarbeitsplatz in der Bibliothek. Der erste Schwung Bücher war einsortiert und er nutzte die freie Zeit, um nach Wohnungen zu suchen. Das Ergebnis waren zwei Adressen auf seinem Zettel. Ein Gesuch einer Wohngemeinschaft für einen neuen Mitbewohner und eine private Anzeige für die Vermietung eines einzelnen Zimmers. Die Preise für die wenigen Quadratmeter waren saftig und er verspürte kaum Lust, sich missbilligend mustern zu lassen und sich eine Absage zu holen. Über den Anzeigen prangte groß die Aufforderung, Bonitätsprüfung und Einkommensnachweis gleich zum Besichtigungstermin mitzubringen. Nach der Katastrophe in der Jugendberufsagentur hatte er die letzte Nacht schlaflos verbracht. Irgendwann war die Stimme von Aaron Lewis verklungen, aber sein Herz hatte weiterhin wild gegen die Brust geschlagen und sein Inneres hatte gleichzeitig getobt und ihn niedergedrückt. Ein Zustand, dem er nicht einmal mit vollständiger Erschöpfung entkommen war. Er befand sich im luftleeren Raum und war wie zuvor auf sich allein gestellt. Die Anziehungskraft der Scherben war die ganze Nacht präsent gewesen. Wäre er nicht so unsagbar müde gewesen, hätte er wahrscheinlich dem Drang nachgegeben und sich der endgültigen Stille hingegeben. Er wollte sich nicht weiter durchschlagen. Mutlos und übermüdet war er am frühen Morgen aus seinem Nachtlager gekrochen. Bis zum Schuljahresende würde er die Täuschung weiter durchziehen. Es war kein aktiver Beschluss, weil er dazu gerade nicht fähig war, es war nur das Einzige, was ihm einfiel, da er den finalen Schritt weiter vor sich herschob. Deswegen saß er jetzt hier und gab sich der nächsten Enttäuschung hin. Er hatte sich mittlerweile sogar mit den ausgedruckten Stellengesuchen beschäftigt, glaubte aber nicht, bei irgendeinem eine Chance zu haben. Verkäufer oder Kellner fielen aus, da er beim Umgang mit Kunden sofort durchfallen würde. Er besaß keinen Führerschein und konnte keine Pakete ausliefern oder Zeitungen zustellen. Auch die meisten anderen Arbeitgeber machten eine Fahrerlaubnis zur Bedingung. Vor allem Aushilfskräfte sollten bei der Pflege von Grünanlagen als Springer überall einsatzbereit sein. Seine nicht vorhandenen Fähigkeiten wurden ergänzt durch das nicht existierende Bewerbungsfoto. Wie sollte er für ein Foto ein Lächeln zustande bringen, das über seinen desolaten Zustand hinwegtäuschen konnte?

„Suchst du nach einer Wohnung?", fragte Finja erstaunt und riss David aus seinen zerstörerischen Gedanken.

Er schreckte hoch, seine Hand glitt zur Maus, aber es gab nichts mehr zu verstecken.

„Ich schaue, was es so auf dem Markt gibt. Was machst du hier?", fragte David zurück, um von sich abzulenken. Er schloss den Internetbrowser und fuhr den Rechner herunter.

„Ich wollte dich nach deiner Schicht abfangen und fragen, ob du Lust hast, gleich zu uns zu kommen und mit uns zu grillen, bevor die anderen später dazukommen."

Da sich so langsam der Sommer zeigte, hatten die Zwillinge zu sich eingeladen, um den lauen Abend in Liegestühlen in ihrem Garten ausklingen zu lassen. David bereute, dass er sich in einem schwachen Moment vor dem letzten Unterrichtsblock von ihnen hatte überrumpeln lassen. Es war Lukes Art gewesen, klare Anordnungen zu geben, anstatt zu fragen, und ehe er sich's versah, hatte er einer Verabredung zugestimmt. Je näher der Ferienbeginn rückte, desto mehr Stunden fielen aus, und morgen brauchten sie erst zum zweiten Block in die Schule zu kommen. Genug Gründe, um zu feiern.

„Hast du keine Lust auf Steak und Würstchen?"

Davids Magen reagierte und verriet ihn, ohne dass er es verhindern konnte.

„Das klingt nach einem Ja", freute sich Finja aufrichtig.

„Ich räume noch mit Nadine die letzten Bücher ein und komme dann zu euch."

„Geh ruhig!", rief die Bibliothekarin im Vorbeigehen. „Ist nicht mehr viel zurückgegeben worden. Das schaffe ich allein."

„Bist du sicher?", fragte David zögernd und warf einen Blick auf den Bücherstapel neben dem Tresen.

Nadine nickte aufmunternd und machte eine scheuchende Handbewegung.

David packte den Notizzettel ins vordere Fach seines Rucksacks, verabschiedete sich und trat mit Finja aus dem Flachbau.

„Fährst du vor?", fragte er, während er sich hinkniete, um das Fahrradschloss zu öffnen.

„Luke ist mit dem Auto zum Einkaufen gefahren. Ich laufe mit dir."

David blickte verlegen auf seine Schuhspitzen. Er hatte gehofft, wenigstens einen kurzen Moment für sich zu haben, um die negativen Gedanken zurückzudrängen. Seine Maske saß nicht mehr fest, sondern gab ständig mehr preis, als er zulassen wollte. Sein Tarnmantel schien zu schrumpfen und es fiel ihm schwer, die Illusion des normalen Schülers aufrechtzuerhalten. Vor allem in

Finjas Gegenwart durfte er sich keinen Fehler mehr erlauben.

„Was genau suchst du?“, fragte Finja, während sie nebeneinander auf die Straßenseite am See wechselten.

„Suchen?“

„Deine Internetrecherche“, erklärte Finja ihre Frage.

„Nichts Konkretes. Ich habe nur geschaut, ob vielleicht eine kleine Wohnung frei ist“, spielte David sein Tun herunter.

„Willst du zurückgehen?“

Nachdenklich biss Finja sich auf die Unterlippe und vermied es, ihn anzusehen.

„Zurück?“, fragte David und verstand nicht, worauf sie anspielte.

„Ich glaube nicht, dass du gerne hier bist. Ich könnte es verstehen, wenn du nach einer Möglichkeit suchst, in deine Heimat zurückzukehren. Du bist volljährig, du kannst jetzt gehen, wohin du willst.“

David lachte hohl. Der Gedanke war so abwegig und konnte nicht entfernter von der Wahrheit sein.

„Meine Heimat!“ David spuckte die Wörter aus. Er konnte die Verbitterung nicht zurückhalten und vergaß seinen guten Vorsatz. „Es gibt nichts, wohin ich zurückkehren kann.“

Er bereute sofort, dass ihm die Worte herausgerutscht waren, und spürte Finjas Blick. Sie hatte ihm eigentlich eine gute Ausrede geliefert und er hätte nach dem Strohhalm greifen sollen. Stattdessen hatte er es versaut. Ohne aufzusehen wusste er, dass ihre braunen Augen ihn durchleuchteten.

„Wo willst du dann hin?“

„Nirgends. Ich versuche hierzubleiben.“

„Du versuchst?“

David krampfte die Hände zusammen. Er sagte einfach immer das Falsche.

„Können wir meine Bedingungen wieder reaktivieren?“, fragte er und hasste den erbärmlich hilflosen Klang seiner Stimme.

Finja nickte zustimmend, ihre Züge weich vor Mitleid. Sie hob die Hand und berührte ihn zaghaft am Rücken. Wahrscheinlich sollte die Berührung Trost spenden, aber David gefror unter ihren Fingern, als hätte ihn ein elektrischer Schlag getroffen. Finja hatte, ohne es zu wissen, Erinnerungen die Tür geöffnet, die ihn jetzt überfluteten. Die letzte Nacht hatte bereits Steine aus der Mauer geschlagen und er hatte nicht bedacht, wie schmal der Grat war, auf dem er mittlerweile wandelte. Die zarte Berührung war der von Alex so ähnlich. Er wusste nicht, ob es der federleichte Druck war oder die empfindliche Stelle unterhalb des Schulterblatts. Die Erkenntnis, dass er am Ende angekommen war, traf ihn. Er konnte nicht einen weiteren Tag durchhalten.

„Ich kann das nicht“, murmelte er zu sich selbst, schwang sich auf sein Mountainbike und ließ Finja stehen.

David schaute sich kein einziges Mal um. Er nahm weder seine Umgebung noch andere Verkehrsteilnehmer wahr. Als er endlich wieder aufschaute, fand er sich vor einem großzügigen Einfamilienhaus wieder. Der flache Bau, in warmem Sandton gestrichen und mit akkurat gepflegtem Vorgarten, verschleierte perfekt, welches Familiendrama sich im Innern abspielte. Der großzügige Carport links neben dem Haus war leer. David konnte nicht beschreiben, was ihn getrieben hatte herzukommen. Er war zu müde, darüber nachzudenken oder einen Rückzieher zu machen, lehnte das Rad an den eisernen Zaun und betrat den Vorgarten durch die Pforte. Er setzte sich auf die abgerundeten Stufen und wartete auf seinen Stiefvater. Er musste bereits Feierabend haben, vielleicht war er auch noch in der Klinik und leistete seiner Mutter Gesellschaft. Wenigstens hatte Torsten sie nicht aufgegeben. Auch wenn er das aktuelle Stadium ihrer Depression ausnutzte, kümmerte er sich um sie und sorgte für ihr Wohl. Gleichzeitig erpresste er David damit. Nutzte die Fürsorge als Druckmittel, damit David sich fernhielt und untertauchte. Aber David konnte nicht mehr. Er war am Ende seiner Kräfte und seine Gefühle überforderten ihn. Finjas Berührung hatte ihn aus dem Konzept gebracht. Unter seinem Shirt hatte er Finjas Fingerspitzen auf dem Narbenteppich gespürt. Leicht wie eine Feder und trotzdem viel intensiver als jedes Schulterklopfen oder eine Umarmung zur Begrüßung. Es hatte ihm die Luft zum Atmen abgeschnürt. Er war nicht wütend, nur völlig ausgebrannt. Lange hatte er sich eingeredet, dass er für Alex leben musste, aber das war Unsinn. Er war nicht gut genug, um ihre Ziele zu erfüllen und würde ihr nie das Wasser reichen können. Ihre Träume und Wünsche waren für ihn unerreichbar und rückten in immer weitere Ferne. Es war utopisch. Deswegen saß er hier.

David musste nicht lange warten, bis die dunkelblaue Limousine in den Sandweg einbog. Torsten sah ihn, bevor er ausstieg, und daran, wie er die Wagentür zuwarf, erkannte David bereits die schwelende Wut.

„Was willst du hier?“

David hob schwach den Kopf. Torstens äußere Erscheinung war wie immer perfekt und die sommerlichen Temperaturen waren ihm nicht anzumerken.

„Ich kriege keine Hilfe vom Amt“, erklärte David direkt.

Torsten grunzte abfällig.

„Weißt du, wie egal mir das ist? Du bist volljährig und nicht mehr mein Problem. Geh mir endlich aus den Augen, bevor ich mich vergesse.“

„Sie meinen, ich soll Unterhalt einklagen. Als Kind stehe einem das zu“, redete David weiter und ignorierte die Drohung absichtlich. Er wollte, dass sich wiederholte, was sich an seinem letzten Geburtstag abgespielt hatte. Vor einem Jahr war es seine Unachtsamkeit gewesen, die Torsten gegen ihn aufgebracht hatte. Jetzt wollte er den brodelnden Zorn bewusst zum Ausbruch bringen.

„Dir soll Unterhalt zustehen?“ Torsten lachte hohl, packte David am Kragen seines T-Shirts und zog ihn hoch. „Du bist nicht mein Kind, und im Namen deiner Mutter werde ich dafür sorgen, dass du keinen Cent siehst. Du hast mein Kind auf dem Gewissen!“

Torsten spuckte ihm die Worte voller Hass entgegen. Mit seinem vollen Gewicht presst er ihn gegen die Eingangstür. Seine Augen glühten und Adern traten am Hals vor.

„Na los, bring es diesmal zu Ende“, keuchte David ohne zu zögern und hielt dem Blick stand.

Er sah, wie Torsten kurz die Narbe fixierte und sich erinnerte.

„Ich mach mir nicht die Finger an dir schmutzig. Ich leide jeden Tag, weil sie deinetwegen nicht gerettet werden konnte. Weil sie deinetwegen gestorben ist. Du musst schon selbst sehen, wie du damit klarkommst. Und jetzt verschwinde!“

Davids Hinterkopf kollidierte hart mit der Tür, bevor Torsten sich mit ihm drehte und ihn die Treppe hinunterstieß. Die Worte sanken in ihn, aber sie berührten David nicht mehr. Er hatte sie schon so oft gehört und sie spukten unaufhaltsam in seinem Kopf umher, dass sie ihn nicht mehr erschüttern konnten.

Die Haustür wurde aufgeschlossen, geräuschvoll geöffnet und mit Wucht zugeschlagen. David blieb allein zurück. Er hatte Torsten absichtlich gereizt. Da ihn das Glück bereits vor langer Zeit verlassen hatte, hätte es ein Leichtes sein sollen, diesmal so zu stürzen, dass er nicht mit einer Gehirnerschütterung wieder aufstand. Dass es diesmal endgültig war. Aber er musste es wohl selbst zu Ende bringen. Er rappelte sich auf und stieg aufs Fahrrad. Irgendwann änderte sich der Straßenbelag unter den Rädern und er fand sich auf den vertrauten Waldpfaden wieder. Wie ein Getriebener fuhr er und war vollkommen in sich selbst gefangen. Er hielt erst mit einer Vollbremsung, als er an seiner Abzweigung ankam und schob das letzte Stück zum Bungalow. Kraftlos ließ er das Rad fallen. Mit unsicheren Schritten strauchelte er an der Eingangsstufe und schrammte seitlich am Pfosten des Vordaches entlang. Das Holz zerriss sein Shirt und riss die Haut auf. Der stechende Schmerz wirkte wie ein Ventil. Ein wenig vom inneren Druck konnte entweichen, aber David spürte, dass es noch lange nicht genug war. Ein feines rotes Rinnsal lief seinen Arm hinab, bestätigte seinen Entschluss. Er schaute zur leeren Fensterhöhle. Den Boden hatte er entrümpelt, aber auf dem Sims bewahrte er die restlichen Glassplitter. Wie viel besser würde er sich fühlen, wenn er diesen letzten Schritt nicht länger hinauszögerte? Wofür lohnte es sich noch zu kämpfen, wenn er das Versprechen brach?

Allein der Entschluss, seinen gescheiterten Versuchen ein Ende zu setzen, befreite ihn. Der Druck in seinem Brustkorb löste sich und ließ ihn leichter atmen. Eine vollkommene Ruhe ergriff ihn. Er empfand keine Trauer, sondern war beinahe freudig erregt.

„Was tust du hier?"

David stockte in der Bewegung. War das ein Hilferuf seiner inneren Stimmen? Ein ungewohnter Klang. Sie passte nicht in das übliche Stimmengewirr, das ihn sonst heimsuchte. Anscheinend ließ sich sein verwundeter Verstand in der Verzweiflung etwas Neues einfallen. Wie lächerlich! Er beugte sich vor und fuhr ganz leicht mit den Fingern über das zerstückelte Glas. Seit er hier sein Lager aufgeschlagen hatte, zogen ihn die Scherben an. Jetzt gab es keinen Grund mehr zu widerstehen.

„David!", rief die Stimme eindringlicher.

KAPITEL 8

Finja

Wohin war David verschwunden? Finja bremste scharf und schaute sich suchend um. Sie war ihm in einiger Entfernung gefolgt. Es war schwierig bei seinem rasanten Tempo mitzuhalten und sie hatte abwarten wollen, wohin er fuhr, aber plötzlich war er nicht mehr zu sehen gewesen. Auch die knirschenden Fahrgeräusche, die ihr mit den Weg gewiesen hatten, waren verstummt. Ihr Herz schlug heftig und ihr Atem ging stoßweise von der ungewohnten Anstrengung. Verwirrt blickte sie sich in alle Richtungen um, aber ihrem Blick bot sich nur eine undurchdringbare grüne Wand. Als hätte der Wald ihn verschluckt. Sie schob langsam weiter und holte tief Luft, um sich zu beruhigen. Aufmerksam suchte sie nach einem Abzweig, den sie vorher übersehen hatte. Ein dumpfes Geräusch drang an ihre Ohren. Sie schob ein Stück zurück und orientierte sich neu. Ein paar hochgewachsene Gräser waren eingeknickt und sie folgte der Bresche durch das Dickicht. Ein ausgetretener Pfad kam in Sicht und fast hätte sie den kleinen Bungalow übersehen, der von hohen Brennnesseln und Farnen umwuchert war. Ein großflächiges Graffito überzog die

Rückwand, unterbrochen von einer leeren Fensterhöhle, durch die sie Davids Silhouette sah. Kurz stockte sie, hob zaghaft den Arm, um zu grüßen, aber er reagierte nicht auf ihre Anwesenheit. Sein Blick fokussierte etwas und er wirkte konzentriert.

Achtlos ließ Finja ihr Fahrrad fallen und umrundete den steinernen Fremdkörper inmitten des Waldes. Zögerlich betrat sie die bröckelnden Stufen und näherte sich vorsichtig.

„Was tust du hier?", fragte sie ungläubig.

Ihre Stimme klang hohl und sie schluckte einen dicken Kloß hinunter. David ignorierte sie, schien sie immer noch nicht wahrzunehmen und griff nach etwas auf dem Fenstersims. Das Gefühl höchster Gefahr schärfte ihre Sinne. Sie musste zu ihm durchdringen und ihn aus seiner Trance reißen.

„David!"

Finja packte ihn an beiden Oberarmen, zog ihn mit einem kraftvollen Ruck zurück und drehte ihn zu sich. Der teilnahmslose Blick, mit dem er durch sie hindurchsah, jagte ihr einen Schauer über den Rücken. Das Grau der Iris war dunkel und leblos. Es dauerte, bis ein kurzes Erkennen in seinem Blick aufflackerte und seine Gesichtszüge sich sofort anspannten.

„Finja! Was tust du hier?"

Seine Stimme klang kratzig und dumpf. Er wich zurück, um den Abstand zu ihr zu vergrößern, aber der winzige Flur bot kaum Platz für sie beide und er presste sich mit dem Rücken an die Fensteröffnung. Sein linker Arm war verletzt. Der Ärmel seines T-Shirts war eingerissen und Blut floss hinab.

Eine Flut an Fragen tauchte in Finjas Kopf auf, aber sie drängte sie zurück.

„Ich wollte mit dir reden. Ich konnte dich nicht einfach gehen lassen“, erklärte Finja stockend und ging zwei kleine Schritte zurück, um ihm Raum zu geben.

„Ich will ... Ich will allein sein“, bat David mit brüchiger Stimme, aber sie rührte sich nicht und wartete ab.

„Wie kommst du hierher?“, fragte er und wich weiter ihrem Blick aus.

„Ich war bei dir zu Hause. Ich wollte dich und deinen Vater nicht beobachten. Ich …“

„Stiefvater“, korrigierte David automatisch. Mit einem Ruck hob er den Kopf und fixierte sie. Der abfällige Unterton und die plötzliche Aufmerksamkeit alarmierten Finja. Sie war wohl in viel mehr hineingeschlittert, als sie erahnen konnte. Anfänglich hatte ihr die Sorge nach seinem plötzlichen Aufbruch keine Ruhe gelassen und sie dazu gedrängt, zu ihm nach Hause zu fahren. Irgendetwas an ihrer Berührung hatte ihn verstört, und das war nicht ihre Absicht gewesen. Nachdem sie sich beim Italiener endlich angenähert hatten, wollte sie nicht wieder eine tagelange Funkstille riskieren.

„Ist alles okay bei euch?“, fragte sie zögernd. Sie ignorierte ihr schlechtes Gewissen, weil sie sich wieder ungefragt in sein Leben einmischte.

David zuckte nur mit den Schultern und hielt ihrem Blick stand. Seine Haltung war steif und abweisend, aber in seinen Augen spiegelten sich die Emotionen. Seine Lippen waren zu einem dünnen Strich zusammengepresst. Die aufgeschürfte Wunde pulsierte noch und ein Muster aus feinen roten Linien kroch über seinen Arm.

„Darf ich mir deinen Arm ansehen?“, bat Finja. Entschlossen, sich nicht abweisen zu lassen, kam sie wieder einen Schritt näher. Sie wollte seine Aufmerksamkeit behalten, ihn zum Reden bringen und ihn irgendwie in seinem Schneckenhaus erreichen.

„Lass uns zum See gehen, wenn du bleiben willst", gab er zögernd nach.

Finja nickte mit einem zaghaften Lächeln, froh über das kleine Zeichen. Ganz entgegen ihre Neugier schaute sie sich nicht um und trat rückwärts zurück auf die Holzveranda. David schien dieser Ort etwas zu bedeuten und sie fühlte sich wie ein ungewollter Eindringling. Vielleicht war es am See leichter für ihn. Vielleicht engten ihn die Betonmauern ein. Mit wackeligen Schritten ging sie zurück zu ihrem Fahrrad. Sie griff nach dem Lenker und zog es hoch, klappte den Ständer aus und machte sich am Schloss zu schaffen.

Ihre Finger zitterten vor unterdrückter Anspannung und sie brauchte einige Anläufe, bis sie die Zahlenrädchen in der richtigen Position hatte, um den Mechanismus zu öffnen. Hinter ihr war es immer noch still und sie vermutete, dass David noch in dem Bungalow stand und sich sammelte. Sie konnte ihre Sorgen nicht richtig greifen. Was hatte sie beobachtet? Erst beim Haus seiner Familie und jetzt hier, nach seiner Flucht in den Wald? Das gerissene Shirt musste von einem Unfall stammen. Aber hatte er wirklich versucht, nach einer Scherbe zu greifen? Sie wusste viel zu wenig über ihn, aber sie wollte ihn verstehen und ihm näherkommen. Auf keinen Fall würde sie ihn allein lassen. Unruhig ging sie auf und ab, um ihr aufgewühltes Inneres unter Kontrolle zu bringen, aber es gelang ihr nur mäßig. Mit jedem Schritt wurde es ein wenig besser, aber für jeden positiven Gedanken drängte sich eine unbeantwortete Frage auf. Trotz der sommerlichen Temperaturen rieb sie sich fröstelnd die nackten Arme. Einige

Stellen, die mit Brennnesseln in Berührung gekommen waren, juckten.

Zu Beginn ihrer nächsten Runde entdeckte Finja David auf der Veranda. Wortlos ging er an ihr vorbei und bahnte sich zielstrebig auf kaum zu erahnenden Pfaden einen Weg durch die dicht stehenden Bäume. Sie mühte sich ab ihm zu folgen, stolperte über Wurzeln, der dünne Stoff der Haremshose verfing sich immer wieder in den Sträuchern und riss an einigen Stellen. Trotzdem versuchte sie, mit seinem Tempo Schritt zu halten. Fast wäre sie die Böschung zum Seeufer hinuntergefallen, weil sie so darauf konzentriert war, ihn nicht zu verlieren. Vorsichtig rutschte sie auf allen vieren den steilen Abhang hinunter und trat mit weichen Knien neben ihn. Vor ihnen breitete sich still ruhend das braungrünlich schimmernde Gewässer aus. Die Stelle lag abseits des Wanderweges und war schützend von einem üppigen Schilfgürtel gesäumt. Ein umgekippter Baumstamm ragte in den See hinein. David setzte sich und lehnte den Rücken gegen die entwurzelte Buche. Die Ringe unter den Augen zeigten seine Müdigkeit, aber es lag auch ein Funke Trotz darin. Finja ignorierte seine abweisenden Signale, kniete sich neben ihn und schob den Ärmel seines Shirts hoch. Der Stoff klebte an einigen Stellen und Holzsplitter in unterschiedlicher Größe steckten in der Wunde. Seine sonnengebräunte Haut wirkte kränklich blass und war mit einem leichten Schweißfilm bedeckt.

„Du musst dich nicht darum kümmern“, wehrte David ab. „Ist nur ein Kratzer.“

„Das sieht ziemlich tief aus und es sickert immer noch Blut hervor“, gab Finja zu bedenken. „Lass mich wenigstens versuchen, sie zu säubern.“

David zuckte nur mit den Schultern und schaute an ihr vorbei über die Wasseroberfläche. Gerne hätte sie ihn irgendwie in ein Gespräch verwickelt, aber er schien so weit weg zu sein, dass sie sich schweigend darauf konzentrierte, die Wunde zu reinigen. Die größeren Splitter bekam sie zu fassen, aber ihre Fingernägel waren zu kurz, um die kleineren richtig greifen zu können. Sie riss ein Stück von der Stoffhose ab und tupfte behutsam über die aufgeschürfte Haut.

„Es zieht ein Gewitter auf", sagte David in die Stille zwischen ihnen und deutete auf die dunkle Front, die langsam hinter den Bäumen am anderen Ufer emporwuchs. „Du solltest dich auf den Rückweg machen."

„Nur wenn du mitkommst", antwortete Finja bestimmt.

David schüttelte den Kopf.

„Gilt das Unwetter nicht für dich? Du musst auch aus dem Wald und nach Hause."

Sie merkte, wie er bei ihren letzten Worten zusammenzuckte.

„Ich muss nirgendwohin. Mich erwartet niemand", flüsterte er.

Seine Worte erschütterten Finja. Ein inneres Zittern erfasste sie und ein Gedanke schoss ihr durch den Kopf und lähmte ihre Handlungsfähigkeit. Er war so seltsam vertraut mit der Umgebung, bewegte sich so sicher durch diesen Wald. Seine Bemerkung, dass er kein Bett hatte, kam ihr wieder in den Sinn.

„Wohnst du hier?"

„Wohnen ist zu viel gesagt", antwortete David matt.

Finja schaute ihn entgeistert an. Sein ausbleibendes Dementi bestätigte ihre Befürchtungen und warf sie komplett aus der Bahn. Vorsichtig löste sie ihre Hände von seinem Arm und ließ sich gegenüber von ihm auf den festen Boden gleiten, um seine volle Aufmerksamkeit zu bekommen.

„Dein Stiefvater hat dich rausgeschmissen?“, äußerte sie ihre Vermutung.

David wich ihrem Blick aus.

„Er kann dich doch nicht vor die Tür setzen, auch wenn du volljährig bist!“

„So lange hat er nicht gewartet“, kommentierte David trocken.

Verwirrung machte sich in Finja breit. Als sie losgeradelt war, hatte sie das Bedürfnis gehabt, ihm zu helfen. Seine tiefen Schatten unter den Augen, seine abgekämpfte Haltung und vor allem die Stimmungsschwankungen der letzten Zeit hatten sie alarmiert, aber dies überstieg ihre Vorstellungskraft. Selbst nach dem Streit, dessen Zeugin sie aus der Ferne geworden war. Ihr Verstand weigerte sich, die Schlussfolgerung zu akzeptieren.

„Du solltest fahren. Das Unwetter wird ziemlich unangenehm“, unterbrach David die minutenlange Stille.

Ruckartig stand er auf und machte sich zügig auf den Weg zurück zu seiner Zuflucht. Wieder stolperte Finja in einigem Abstand hinter ihm her. Als sie keuchend am Ziel ankam, stand er neben ihrem Fahrrad. Aber sie war noch nicht bereit aufzugeben. Mit verschränkten Armen blieb sie ihm gegenüber stehen und begegnete herausfordernd seinem entschlossenen Blick.

„Ich verlasse den Wald nicht ohne dich“, verkündete sie.

„Lass es gut sein. Ich habe deinen Einwand zur Kenntnis genommen, aber ich verzichte“, antwortete David hart.

„Hör auf, dich wie ein Idiot zu verhalten“, fuhr sie ihn an. „Du willst nicht über dich reden, schön, ich akzeptiere das, aber ich werde dich nicht in dieser Baracke allein lassen. Wer weiß, was du noch anstellen willst.“

Sie musste einen Gang hochschalten, und da er bis jetzt ihr stummes Angebot ausgeschlagen hatte, wollte sie ihn konfrontieren.

Davids Miene versteinerte, dann begannen seine Lippen zu zittern. Die Zeichen der Müdigkeit ließen sich nicht mehr verbergen. Seine Gesichtszüge sahen mit einem Mal viel älter aus, tiefe Furchen zeichneten seine Erschöpfung nach.

„Du bist ihr so ähnlich“, murmelte er.

Finja hielt die Luft an. Mit wem verglich David sie? Auf jeden Fall hat dieser Mensch eine große Rolle in seinem Leben gespielt und der Verlust war greifbar. Könnte sie die Wahrheit ertragen? David bedeutete ihr etwas. Es war lange nicht der einzige Grund, warum sie sich um ihn sorgte, aber es war unübersehbar, dass er von einem dunklen Schatten erdrückt wurde, und er musste es aussprechen, damit es ihn nicht innerlich zerfraß.

„Du bist hartnäckig und gibst nicht auf. Selbst wenn man dich darum bittet. Alex hat sich auch nie abwimmeln lassen und bohrte, bis sie am Kern angekommen war.“

David seufzte. Schlagartig kehrte der harte Ton zurück, als er sagte: „Aber manchmal ist es besser zu akzeptieren, wenn jemand keine Hilfe will! Manchmal sollte man sich einfach um sich selbst kümmern!“

Er begegnete herausfordernd Finjas Blick, fixierte ihn und drehte sich dann um. Hart brach er die Verbindung ab und sie spürte trotz der schwülen Sommerluft einen eisigen Hauch. Sie starrte fassungslos auf seinen Rücken, als er in der Ruine verschwand.

KAPITEL 9

David

David hatte gehofft, Erleichterung zu spüren, als er das vertraute Knirschen des Waldbodens unter dem Profil von Finjas Trekkingreifen hörte. Finja hatte sich endlich seinem Wunsch gebeugt allein zu sein, aber die Leere und das Gefühl, versagt zu haben, blieben und hielten ihn in einer eisernen Umarmung. Die Ruhe, die vor ihrer Ankunft kurz von ihm Besitz ergriffen hatte, stellte sich nicht wieder ein und Gedanken jagten unkontrolliert durch seinen Kopf. Ihr Eindringen hatte alles durcheinandergewirbelt. Sie wusste von seiner Mutter und kannte jetzt auch den Rest seiner verkorksten Familie. Seine Täuschung war zusammengestürzt und seine Zuflucht entdeckt. David stieß wütend mit dem verletzten Arm gegen die mit Graffiti beschmierte Wand. Die Splitter drangen tiefer in die Wunde und er genoss den dumpfen Schmerz. Er brauchte ihn. Das Pochen erdete ihn, lenkte von dem tosenden Chaos in seinem Innern ab. Sein vorgespieltes Leben war mit der Wirklichkeit kollidiert. Die endgültige Erlösung war in greifbarer Nähe gewesen, aber er hatte den Ausstieg knapp verpasst. Er war selbst schuld. Die Sehnsucht, wieder etwas zu fühlen, hatte ihn unvorsichtig gemacht und er hatte sie zu nah an sich herangelassen. Finja erinnerte ihn schmerzlich an den Menschen, den er verloren hatte. Er hatte sich nie eingestehen wollen, wie ähnlich Finja Alexandra war. Er hatte es erfolgreich verdrängt, obwohl die Parallelen geradezu ins Auge sprangen. Ein Grund mehr, sie von sich zu stoßen. So sehr sich ein Teil von ihm nach ihrer Nähe sehnte, um in ihrem positiven Kraftfeld mitzuschwimmen, durfte er dem Wunsch nicht nachgeben. Er war rücksichtslos, unzuverlässig und würde sie mit sich herunterziehen, sie früher oder später wahrscheinlich sogar verletzen. Trotzdem nagte es an ihm, wie grob er sie vertrieben hatte und seine eigenen Worte stießen ihn ab. Jetzt musste er bis zum Ferienbeginn durchhalten, um unbemerkt den letzten Schritt zu gehen.

Er trat näher an die Fensteraussparung. Morgen war auch noch ein Tag, um nach einem neuen Versteck zu suchen. Die Scherben zogen ihn an und er widersetzte sich dem Sog nicht. Das abgenutzte Glas fühlte sich gut in seiner Hand an und ohne weiter nachzudenken, ließ er eine Kante mit festem Druck über den Oberarm gleiten. Der Schmerz wirkte wie ein Ventil. Die dumpfe Schwere konnte entweichen und rann mit der roten Lebensflüssigkeit seinen Arm hinab. Die Ereignisse hatten sein Vorhaben durchkreuzt, aber sein Zorn auf sich selbst forderte einen Preis. Einen Preis, der es ihm ermöglichte, bis zum nächsten Morgen durchzuhalten und dann über die Konsequenzen der heutigen Ereignisse nachzudenken. War der Weg besser als Drogen oder Alkohol? Kaum, gestand sich David ohne zu zögern ein, aber bezahlbar in der Währung, die er besaß. Er setzte zu einem zweiten Schnitt an, drückte die

Schneide diesmal tiefer ins Fleisch. Das Reißen befreite ihn von allen Gedanken und die Erlösung kam prompt, sodass er noch ein drittes Mal schnitt, bevor er die verkrampften Finger öffnete und den Griff um die Scherbe lockerte. Er machte eine halbe Drehung, bis er den rauen, bröckelnden Putz in seinem Rücken spürte und glitt an der Wand zu Boden. Den malträtierten Arm ließ er schlaff hängen. Mit dem Blut floss jegliches Gefühl aus ihm und ließ eine angenehme Stille zurück. Wenigstens kurz konnte er fliehen und eine Ahnung von innerem Frieden erleben, während das bevorstehende Unwetter die Waldgeräusche dämpfte. Ein Grollen rollte aus der Ferne heran und auch die Vögel suchten Unterschlupf. Lange würde es nicht mehr dauern, bis die ersten Windböen an den Ästen zerrten und das Prasseln des Regens alle anderen Geräusche schlucken würde.

KAPITEL 10

Finja

Finja schlug das Herz bis zum Hals, als sie sich durch die hochstehenden Brennnesseln zurück zum Bungalow kämpfte. Fast hätte sie nicht wieder zurückgefunden. Die aufgetürmten Gewitterwolken tauchten den Wald früh in ein Dämmerlicht und es war ihr schwer gefallen, sich zu orientieren. Sie hatte erwartet, David würde sie direkt mit einer neuen Schimpftirade in Empfang nehmen, die unheimliche Stille ängstigte sie umso mehr. Zögernd umrundete sie den Betonklotz und erschrak beim Anblick seiner zusammengesunkenen Gestalt. In ihrer Brust hämmerte es unregelmäßig, bis ihr Verstand ihr Denken erreichte und ihr analytisch erklärte, dass die blutigen Wunden anscheinend nicht lebensbedrohlich waren. David sah aus wie nach einer Messerattacke und ein Netz aus dunklem, geronnenem Blut verlief über seinen linken Arm. Als wäre der innere Verlauf der Venen auf der Haut nachgezeichnet. Aber der Blutfluss begann an seinem Oberarm, nicht am Handgelenk. Langsam kam ihr Herzschlag wieder in einen normalen Rhythmus und als sie nähertrat, stellte sie entsetzt fest, wie friedlich er aussah. Erschöpft, aber von einer schweren Last befreit. Keine

Sorgenfalte auf der Stirn über den geschlossenen Lidern und ein unerträglich zufriedener Gesichtsausdruck. Einzelne Haarsträhnen fielen ihm ins Gesicht und ließen ihn plötzlich wieder jünger wirken. Er zeigte keinerlei Reaktion, nur sein Brustkorb hob und senkte sich minimal als Beweis, dass er noch am Leben war. Finja lief ein eiskalter Schauer über den Rücken und sie schluckte hart. Obwohl sie in der Rehaklinik mit einigen Patienten in Kontakt kam und verschiedenste psychische Leiden persönlich erlebt hatte, überforderte sie diese Situation. Sie riss sich von seinem Anblick los und ging mit weichen Knien zurück ins Freie.

Mit zittrigen Fingern griff sie nach den Einkaufstüten und suchte nach dem Verbandskasten. Sie war auf kürzester Strecke in die Ortschaft gefahren und hatte das Nötigste eingekauft. Um Zeit zu sparen und in der Hoffnung, nichts zu vergessen, hatte sie in der Apotheke ein fertig gepacktes Reiseset gekauft. Sie hatte nie vorgehabt, ihn allein zu lassen. Erste schwere Tropfen fielen aus den dicken Wolkenbergen und sie brachte den Einkauf unter dem baufälligen, aber wasserdichten Vordach in Sicherheit. Sie öffnete den Koffer und inspizierte den Inhalt. Eine Packung Pflaster mit bunten Kindermotiven schaute ihr entgegen und ein Lachen entfuhr ihr. Bevor Finja wusste, wie ihr geschah, ging ihr Lachen in ein Schluchzen über. Tränen liefen ihr dabei über die Wangen. Verzweiflung bahnte sich ihren Weg und sie gönnte sich einen Moment der Aussichtslosigkeit, die sie so plötzlich ergriff, dass sie sich nicht wehren konnte. Die Trostlosigkeit der Baracke, verstärkt durch die Finsternis der Gewitterwolken und die deutliche Abkühlung, erfasste sie kalt und schonungslos und ließ sie über seine Lage verzagen. Fragen zu Kleinigkeiten drängten sich auf, die seine Situation noch surrealer erschienen ließ, einfach weil sie sich nicht vorstellen konnte, wie er hier gelandet war. Sie drängte ihre Überlegungen zurück und sammelte ihre Konzentration. Wenn sie jetzt falsch vorging, würde sie nichts erfahren. Dann würde sie ihm nicht helfen können. Finja atmete tief in den Bauch. In ihre Mitte, wie die Yogalehrerin immer mahnte und wie es ihr Ritual vor Auftritten, Spielen oder mündlichen Prüfungen war. Sie konzentrierte sich darauf, jetzt für David da zu sein, die Grundbedürfnisse wie Sicherheit und Nahrung standen an erster Stelle. Keine Fragen nach dem Wie oder Warum. Sie wischte die Tränen mit dem Handrücken beiseite und stand auf. Den Koffer fest umklammert, trat sie wieder zu ihm. Er lehnte unverändert mit dem Rücken an der Wand, die Beine ausgestreckt, die Arme schlaff herabhängend und die Augen geschlossen. Finja entschied sich dagegen, ihn anzusprechen. Sie kniete sich neben ihn, sprühte Desinfektionsmittel auf eine Gaze und säuberte mit zögerlichen Bewegungen die Schnitte. Von Nahem sahen die Verletzungen wütend aus. Tiefe, zerfetzte Schnitte.

Davids Reaktion war minimal. Als würde er die Luft anhalten und abwarten, ob die Berührung real war oder nur seinem verwundeten Geist entsprach. Seine Augen blieben geschlossen, aber die Gesichtsmuskeln spannten sich an. Seine Atmung war weiterhin kaum wahrzunehmen, trotzdem war seine wachsende Unruhe spürbar.

„Ich möchte nicht, dass sich die Kratzer entzünden", flüsterte Finja, während ihre Hände weiter mit der Säuberung der Wunden beschäftigt waren. „Ich werde sie desinfizieren, die Splitter entfernen und verbinden."

David antwortete mit einem unverständlichen Grunzen und hielt die Augen weiter geschlossen. Sie hatte bewusst bloß von Kratzern gesprochen. Harmlos und zufällig, wie sie jeder durch einen Unfall erleiden konnte, auch wenn sie ahnte, dass die Wunden in der vollen Absicht der Selbstverletzung zugefügt worden waren. Mit der Pinzette entfernte sie die Holzsplitter, die sie vorher nicht hatte greifen können. Es dauerte, bis sie die Schürfwunde komplett gesäubert hatte und sich den neuen Schnitten zuwandte. Zaghaft tupfte sie das geronnene Blut ab und konnte nicht aufhören, über den Grund nachzudenken. Warum tat er sich selbst weh? Hatte es etwas mit Alex zu tun? Sie schob die Fragen beiseite und trug gründlich die Salbe auf. Konzentriert begann sie die Mullbinde um den Oberarm zu wickeln und zögerte, als der Verband zu früh aufgebraucht war. Kurzerhand nahm sie eine zweite Rolle hervor und beendet ihre Arbeit. Sie befestigte das Stoffende mit einem Stück Heftpflaster und ging, soweit es in der Enge möglich war, auf Abstand.

„Danke“, murmelte David. Er öffnete die Lider und sah in ihre haselnussbraunen Augen, in denen sich ihre Sorgen spiegelten. „Du solltest dich vor dem Regen in Sicherheit bringen.“

„Ich bin doch rechtzeitig zurückgekommen und hier ist es trocken. Oder ist das Dach undicht?“, fragte Finja und versuchte harmlos zu klingen.

David schüttelte den Kopf, sah aber skeptisch auf ihre nackten Arme. Er schob sich auf dem unverletzten Arm in die Höhe und trat unter das Vordach. Ein leichter Regen hatte eingesetzt und er streckte den Arm aus, um das restliche Blut notdürftig abzuwaschen. Dann kniete er sich hin und Finja beobachtete, wie er eine schmutzige

Sporttasche unter einem morschen Bodenbrett hervorzog und deren Reißverschluss öffnete. In dieser Sekunde zerfielen all ihre Hoffnungen. Trotz seiner Worte am See hatte sie sich noch an die minimale Wahrscheinlichkeit geklammert, dass David nur nach dem Streit nicht zu seinem Stiefvater zurückwollte. Aber die Tasche bewies die traurigen wahren Umstände.

David zog einen Hoodie heraus und reichte ihn Finja.

„Es wird schnell kalt und bleibt unangenehm frisch", erklärte er. Er schaute ihr nicht direkt in die Augen, sondern auf die Hände.

„Isst du etwas mit mir? Ich kann zwar nicht für dich grillen, aber ich habe Sushi mitgebracht."

Entgeistert schaute David auf. Als würde er erst jetzt begreifen, dass sie zurückgekommen war.

„Magst du kein Sushi?", fragte Finja und war selbst erstaunt, woher sie den Mut nahm, sich zu verhalten, als wäre dies hier ein romantisches Sommerpicknick. Nein, ermahnte sie sich selbst, nicht romantisch, nur ein Picknick mit einem Freund.

„Doch, es ist nur …"

„Da bin ich aber froh. Ich hatte überlegt, dir als Alternative gebratene Nudeln mitzubringen, aber die schmecken kalt nicht, und da habe ich gehofft, dass bei einer Auswahl von Maki, Nigiri und Sashimi etwas Passendes dabei ist."

Während Finja plapperte, griff sie in die Tüten und förderte Essenkartons hervor. Sie warf einen kurzen Blick nach draußen. Der Regen prasselte jetzt so heftig, dass Spritzer von den Betonstufen ihre nackten Waden trafen. Während Finja den Hoodie an sich drückte, musste sie daran denken, dass David dem Wetter ungeschützt ausgesetzt war, das in diesem Jahr verrücktspielte und oft ungemütlich war. Unschlüssig, wo sie essen könnten, sah Finja in die Räume, die vom Flur abgingen. Beide waren nicht größer als eine Vorratskammer, aber komplett leer. Irgendwie hatte sie Schutt und Unrat erwartet, aber die einzigen Spuren von Vandalismus zeigten sich an den Wänden, die von Schmierereien und Rissen überdeckt waren, und an den zerstörten Fenstern.

„Such dir einen Raum aus. Tisch, Stühle oder auch nur einen Boden frei von Ungeziefer und Dreck kann ich dir nicht bieten, aber warte kurz, dann hol ich dir etwas, worauf du dich setzen kannst."

Finja wollte erwidern, dass es nicht nötig sei, aber David griff bereits unter die Bodenbretter und zog einen kleinen Polyestersack heraus. Er folgte ihr in den linken Raum, der durch die südliche Ausrichtung ein wenig heller war als der andere. Mit geschickten Handgriffen zog er eine Stoffrolle heraus, breitete sie aus und öffnete das Ventil. Als sich der längliche Gegenstand mit Luft füllte, erkannte Finja, dass David ihr eine Isomatte anbot. Ein weiteres Indiz für die fürchterliche Realität, in die sie gestolpert war und die sie verzweifelt versuchte zu verdrängen.

Um ihre Fassung zu wahren, packte sie die Sushiplatten aus, entfernte die Plastikabdeckungen von den mit Algen ummantelten Rollen und richtete die gesamte Auswahl auf dem Boden an. Sie nahm die Holzstäbchen aus der Verpackung und sah fragend zu David

„Möchtest du Stäbchen oder lieber eine Gabel?"

„Keine Umstände, Stäbchen sind kein Problem", erwiderte David und ließ sich auf den staubigen Boden sinken.

Finja wollte ihn auffordern, sich zu ihr zu setzen, aber sie besann sich darauf, wie er auf den letzten unbedachten Körperkontakt reagiert hatte. Vielleicht brauchte er den physischen Abstand.

Davids Blick glitt über die Auswahl an Lachs, Thunfisch und Krebsfleisch, umhüllt mit Reis und Algen, aber er bediente sich nicht.

„Wer soll diese Mengen denn essen? Hast du die Party hierher verlegt und erwartest noch weitere Gäste?", scherzte er unbeholfen.

„Luke isst immer einen ganzen Berg Sushi, deswegen wollte ich vorbereitet sein. Die Gäste kommen zu uns nach Hause und Luke kümmert sich, obwohl die Bewirtung vom Grill bei dem Regen bestimmt ausfällt und die Party ins Haus verlegt wird."

„Hat euer Vater nichts dagegen?"

Finja zuckte mit den Achseln.

„Er hat Nachtschicht und wird nichts mitbekommen. Außerdem wird es schon nicht ausarten, wir können uns ja benehmen."

Geschickt nahm sie mit den Stäbchen eine Auswahl Maki auf einen Plastikdeckel und übergoss sie mit Sojasoße. Beim Öffnen des kleinen Döschens verteilten sich ein paar Tropfen der salzigen Flüssigkeit auf ihren Fingern und sie leckte sie eilig ab. Während sie aß, musterte sie David und fragte sich unwillkürlich, was er gegessen hätte, wenn sie nichts mitgebracht hätte. Er hatte eine athletische Figur, aber bei genauerem Hinsehen musste Finja sich eingestehen, dass er dünn war. Seine Schulterpartie füllte die Breite des Shirts aus, aber der schwarze Stoff lag nicht eng am Körper und seine Jeans saß locker auf den Hüften. Wenn sein Stoffwechsel ähnlich viel Kalorienzufuhr verlangte wie Lukes, konnten die Portionen der Schulkantine kaum seinen täglichen Bedarf decken.

„Erzählst du mir von Alex?", fragte Finja in die Stille, nachdem sie mehrere Portionen schweigend gegessen hatte. Eigentlich war sie schon lange satt, aber sie hatte das Gefühl, David würde aufhören zu essen, sobald sie es tat.

Ihre Blicke begegneten sich und sie sah die tiefe Traurigkeit in Davids verschleierten Augen. Trotzdem wollte sie die Frage nicht zurückziehen. Seine Regel besagte, nicht über ihn zu sprechen, und das akzeptierte sie. Sie war überrascht, als er anfing zu erzählen, anstatt sie zurückzuweisen.

„Alexandra war meine Stiefschwester. Sie wäre dieses Jahr zwanzig geworden. Wenn nicht alles anders gekommen wäre, würde sie jetzt in Heidelberg an der Uni Physik studieren."

Finja schluckte. Vergangenheitsform. Alex hatte ihn nicht verlassen, sondern er trauerte um ihren Tod. Davids Erzählung stockte und sie musste sich beherrschen, nicht tröstend den Arm nach ihm auszustrecken. Er entglitt ihr, als wäre er in eine zurückliegende Welt geflüchtet. Obwohl er schwieg, schrien seine Gesichtszüge vor lauter unterdrückten Emotionen. Als würde ihn eine Welle überrollen und alles mitreißen, was er in der letzten Zeit aufgebaut hatte, um zu funktionieren. Finja war so vertieft in das erschütternde Mienenspiel, dass sie zusammenschrak, als er weitersprach.

„Sie dachte immer in Lösungen. Ein echter Forschergeist. Analytisch, aber auch praktisch. Es war faszinierend, sie zu beobachten, wie sie Neues aus dem Nichts schuf. Aufgeben kannte sie nicht, sondern sie probierte so lange verschiedene Varianten, bis eine funktionierte. Kennst du Wickie? Der Wikinger aus dieser Kindersendung? Sie war sein weibliches Pendant. Auch äußerlich: kleine, schlanke Statur, rötliche Haare und viele Sommersprossen. Ich konnte ihr nicht mal böse sein, wenn sie mich um acht Uhr morgens aus dem Bett holte, um ihre neueste Beobachtung zu teilen. Klingt ein bisschen freaky, oder?“

Finja schüttelte den Kopf und sagte ehrlich beeindruckt: „Klingt wie ein wunderbar intelligentes und neugieriges Mädchen voller Tatendrang.“

David nickte und fuhr mit seiner Erzählung fort.

„Sie war auch kein typischer Nerd, sondern konnte alle Menschen mitreißen. Es reichte ein Lächeln und man war von ihrer Hingabe infiziert. Gleichzeitig spürte sie die kleinste Stimmungsveränderung, als hätte sie sensible Antennen und einen Röntgenblick, der dich nicht bloßstellte, sondern warm ausleuchtete.“

Er verstummte, und die Schwere, die für einen winzigen Augenblick gewichen war, kehrte jäh zurück. Wie sich draußen das Gewitter mit einer schnellen Abfolge von zuckenden Blitzen und krachenden Donnerschlägen entlud, verdunkelte sich sein Gemüt.

„Aber ihr Lächeln ist mit ihr gestorben. Sie hätte noch vielen helfen können, durch ihre Forschung und durch ihre Persönlichkeit, aber …“

Seine Stimme schwankte und Finja spürte, wie Wut und Hoffnungslosigkeit miteinander rangen. Sie wollte ihn zurückführen zu den glücklichen Erinnerungen, bevor sein Zorn erneut die Oberhand gewann und er sich wieder verschloss.

„Habt ihr zusammengearbeitet?“

David schnaufte abfällig.

„Ich war gerade gut genug für einfache Assistenzarbeiten. Sie hat mir alles bis ins kleinste Detail erklärt, aber ich konnte ihr nie folgen."

„Du sitzt im Physikleistungskurs, also muss etwas hängen geblieben sein", munterte Finja ihn auf.

„Ich glaube nicht, dass ich ihn bestehe. Es war ein Versuch, ihren Traum am Leben zu erhalten, aber ich bin gescheitert. Ich habe Skizzen zu ihren Aufbauten gezeichnet und beim Design geholfen. Für einen Punkt mehr in der B-Note bei Wettbewerben."

„Vielleicht solltest du deinen eigenen Traum finden. Du kannst nicht für sie leben", schlug Finja leise vor.

David stieß ein bitteres Lachen aus.

„Ja, ich habe auch das versaut!"

Abrupt stand er auf. Seine Hände ballten sich unbewusst immer wieder zu Fäusten. Die Heftigkeit der Bewegung zog sich deutlich über die Armmuskeln und von da weiter durch seinen ganzen Körper. Er strahlte eine unglaubliche passive Wut aus, aber sie schien nach innen gerichtet zu sein. Es war, als würde er sich selbst bestrafen.

„Der Regen wird schwächer und es hellt auf. Du solltest die Lücke nutzen, um nach Hause zu kommen."

David riss sie erneut aus ihren Gedanken. Entgegen den tobenden Gefühlen sprach er verdächtig ruhig, den Blick stur nach draußen gerichtet.

Erstaunt über den Stimmungswechsel schüttelte Finja den Kopf und betrachtete seinen leicht gekrümmten Rücken.

„Nur wenn du mitkommst. Wir haben genug Platz, du kannst im Gästezimmer schlafen", bat sie eindringlich.

„Nein, ich möchte hierbleiben. Ich möchte allein sein."

„Solltest du aber nicht! Mein Vater ist nicht da, du brauchst dir keine Sorgen zu machen. Ich verrate dich nicht."

„Nein", wiederholte David schärfer.

„Dann bleib ich auch hier!", bestimmte Finja.

David fuhr herum und fokussierte sie.

Der Hass, den sie in seinem Blick glitzern sah, erschreckte sie, aber sie erhob sich und trat trotzdem einen Schritt auf ihn zu. Nachdem was sie gehört hatte, war sie sich sicher, dass es Selbsthass und Verzweiflung waren, die in ihm brodelten, und damit würde sie ihn nicht allein lassen.

„Ich lasse dich nicht hier! Wer sagt mir, dass du morgen noch hier bist? Dass du morgen zur Schule kommst?", äußerte sie ihre Ängste.

„Das kann ich dir nicht versprechen. Aber das ist nicht dein Problem. Ich bin nicht dein Problem!"

„Sei doch vernünftig!", bat Finja flehend. „Du kannst hier nicht schlafen. Du kannst hier nicht leben."

„Die letzten Wochen habe ich auch überstanden", entgegnete David trotzig und fügte leiser hinzu: „Ich bin nicht vernünftig. Wenn ich es wäre, würde Alex noch leben."

Finja schaute ihn ungläubig an. In seiner Stimme schwang nicht die kleinste Unsicherheit mit. Er war der festen Überzeugung, schuld am Tod seiner Stiefschwester zu sein, und sie ahnte, dass er seine aktuelle Situation als Teil der Strafe sah.

„Denkst du, Alex würde wollen, dass du dich hier zurückziehst?", fragte sie vorsichtig.

„Sie hätte sich selbst um die Insekten hier gekümmert. Das heißt nicht, dass ich es nicht verdiene. Ich ertrage mich genauso wenig selbst wie Torsten mich nicht ertragen konnte, warum sollte er also nicht das Recht haben, mich vor die Tür zu setzen?"

„Weil du noch ein Kind bist und er seine Fürsorgepflicht verletzt?"

Du hast mein Kind auf dem Gewissen, wiederholte David in Gedanken die Worte seines Stiefvaters. Worte, die ihn bereits seit Alex' Tod verfolgten und sich eingebrannt hatten.

„Ich bin nicht sein Kind. Sie war seine Tochter. Ich bin nur der Bastard, der sie ihm genommen hat."

Finja schnappte nach Luft. Sie wollte ihn packen und schütteln, damit er aus seinem gedanklichen Schneckenhaus ausbrach, aber er glaubte diese Version offenbar mit jeder Faser seines Herzens.

„Und deine Mutter? Soll sie auch ihr Kind verlieren?", versuchte sie einen neuen Ansatz.

Ein Schatten legte sich über seine Gesichtszüge und er wurde noch eine Nuance blasser. Plötzliche Härte spiegelte sich in seinem Blick und seine Stimme quoll über vor Verbitterung, als er weitersprach: „Zu spät. Für sie bin ich bereits gestorben. Einer der letzten depressiven Schübe hat ihre Wahrheit verschoben, und für sie bin ich gemeinsam mit Alex gestorben. Für sie bin ich Casper, der unfreundliche Geist. Passt doch, wenn ich dann ein wenig im verlassenen Haus spuke, bis … "

Wie getroffen taumelte Finja zurück und hörte die nächsten Worte kaum.

„Danke für das Essen. Komm gut nach Hause."

David lächelte, aber es erreichte seine Augen nicht. Vielmehr war sein Gesicht eine von innerem Schmerz verzerrte Maske und er stolperte fahrig zur Tür.

Finja stellte sich seiner Flucht in den Weg und versperrte den Durchgang zum Flur. Ihre beiden Hände umschlossen seine Handgelenke, sie standen ganz nah. Seine Brust berührte sie fast und sie spürte, wie hart sein Herz schlug. Der Takt stolperte, aber sie wich keinen Zentimeter zurück. Einen Moment verharrten sie in der Position, dann dirigierte sie ihn mit sanfter Gewalt zur Isomatte. David kam gar nicht zum Protestieren und ließ sich wehrlos zu Boden sinken. Er bettete den Kopf auf den weichen Untergrund, drehte sich auf den unverletzten Arm und wandte Finja den Rücken zu. Fröstelnd griff Finja nach dem Hoodie, genoss den weichen Stoff auf den nackten Armen und begann die Reste ihrer Mahlzeit einzusammeln. Sie brauchte eine Beschäftigung, etwas, worauf sie sich konzentrieren konnte, um ihre jagenden Gedanken unter Kontrolle zu bekommen. Gründlich stapelte sie die Plastikverpackungen, steckte sie in die Tüte und verschloss sie, damit die Essensreste keine Waldbewohner anlockten. Nachdem die Arbeit abgeschlossen war, fiel ihr Blick auf eine Sammlung großer PET-Flaschen, die im Flur aufgereiht waren. Die trübe Flüssigkeit darin war wohl Seewasser, das David sich als Vorrat abgefüllt hatte. Finja griff nach zwei leeren Flaschen und trat unter dem Vordach heraus. Der Regen hatte fast aufgehört, aber ein feiner Wasserstrom vom baufälligen Dach war noch nicht verebbt und sie fing ihn auf, spülte einmal aus und ließ die Flaschen dann volllaufen. Es dauerte eine Weile, aber es fühlte sich gut an, irgendetwas tun zu können. Die von der Sojasauce klebrigen Finger wusch sie im regennassen Gras und verschwand kurz hinter einem Gebüsch, um sich zu erleichtern.

Finja brauchte einen Moment für sich. Sie ließ sich auf den Resten der Eingangsstufen nieder und nahm ihr Handy zur Hand. Luke hatte eine Reihe von Smileys geschickt, die wohl ausdrücken sollten, wie ihre Abwesenheit ihn amüsierte, während Sandra und Verena sie mit langen Sprachnachrichten bombardierten. Sie hörte sie nicht ab und schickte Luke die vage Nachricht, dass sie David Gesellschaft leiste und er nicht auf sie warten solle. Weitere Nachfragen ließ sie unkommentiert und verstaute das Telefon wieder in der Hosentasche.

Sie griff in den runden Halsausschnitt des Hoodies und vergrub ihr Gesicht in dem weichen Stoff. Davids herber Duft überdeckte die leicht muffige Note. Tränen stiegen in ihr auf. Aus der ersten wurde ein unaufhaltsamer Fluss, der in den Pullover rann. Alles, was sich während Davids Erzählung aufgestaut und was sie hinuntergeschluckt hatte, um ihn nicht verstummen zu lassen, suchte sich auf diesem Weg ein Ventil. Sie fühlte sich so unglaublich hilflos wie das letzte Mal vor drei Jahren, als ihre Mutter gestorben war. Dahingerafft von einer Krankheit, für die es trotz aller Fortschritte der modernen Medizin kein Heilmittel gab. Es war schnell gegangen. Nach der Diagnose war ihnen nur eine Handvoll Monate geblieben, ihr Zustand hatte sich rapide verschlechtert. Ihr Vater hatte sie in ein Hospiz verlegen lassen, damit sie dort in ruhiger Atmosphäre ihrem Tod entgegendämmern konnte. Finja hatte das ausgezehrte Gesicht ihrer Mutter in einer Art unbewusster Dauerschleife verinnerlicht. Nach ihrem Tod hatte Finja funktioniert und verdrängt, bis sie selbst geglaubt hatte, darüber hinweg zu sein, und mit professioneller Hilfe die Trauerstufen durchlaufen. Ob David auch in dieser Schleife gefangen war? Potenziert durch die erdrückende Schwere der Schuld? Ihr waren ihr Vater und ihr Bruder geblieben, aber David war verstoßen und allein. Die Hilflosigkeit schnürte ihr den Hals zu.

Als der Strom der Tränen langsam versiegte, kehrte sie ins Innere des Bungalows zurück. Die Räume kamen ihr im Gegensatz zur Weite des Waldes winzig und erdrückend vor. Davids Position war unverändert. Seine zusammengesunkene Gestalt lag dort wie übrig geblieben. Bedeckt mit einer feinen Schicht Staub, trat der weiße Verband unnatürlich hervor und wirkte wie ein Rufzeichen seiner Verzweiflung. Finja riss sich von diesem Anblick los und ging in den Nebenraum, um in seinen Sachen nach einer Decke zu suchen. Das geringe Gewicht der Sporttasche erschreckte sie und sie traute sich nicht, einen Blick hineinzuwerfen. Stattdessen schaute sie in den Hohlraum unter der Veranda und fand einen zusammengerollten Schlafsack. Erleichtert ging sie zurück, öffnete den Reißverschluss und breitete den wattierten Stoff über David. Wie erwartet blieb jegliche Reaktion aus und sie hoffte, dass er wirklich zur Ruhe gefunden hatte und den Schlaf nicht nur vortäuschte, so wie er scheinbar sein ganzes Leben vortäuschte. Sie legte sich seitlich auf einen schmalen Streifen des Schlafsacks und bette den Kopf auf die Isomatte, darauf bedacht ihn nicht zu berühren, und schloss müde die Augen.

KAPITEL 11

David

David bewegte sich vorsichtig, als er Finjas gleichmäßige Atemzüge vernahm. Er zog sie behutsam auf die Isomatte und deckte sie sorgfältig mit dem Schlafsack zu. Sie schlief überraschend tief und reagierte nicht auf seine Berührung. Leise schlich er aus dem Raum und ließ sich im Flur nieder. Mit der Jacke über den Schultern lehnte er den Rücken an die Wand. Direkt unter dem ausgehöhlten Fenster, beruhigt von der Nähe zu den Glassplittern und betäubt von der Kälte. Obwohl die Versuchung groß war, würde er die Tat in ihrem Beisein nicht wiederholen.

Finjas gleichmäßige Atemzüge hallten unnatürlich laut durch den leeren Bungalow. Primitive Gefühle regten sich in David, die er wütend niederkämpfte. Ihre Direktheit und ihr Mut beeindruckten ihn, auch wenn jetzt ein großes Loch in seiner Abwehrmauer klaffte. Er hatte sein Schweigen gebrochen und seit Monaten das erste Mal über Alexandra gesprochen. Die Emotionen, die Finjas harmlose Fragen aufgewirbelt hatten, tobten noch in ihm. Alex war dauerhaft in seinen Gedanken präsent und begleitete ihn wie ein Schatten, aber ins Licht gezerrt, brachte es ihn an die Grenze seiner verbliebenen Kraft. Mühsam setzte er einen Stein nach dem anderen wieder in die Barriere in seinem Kopf, aber die Erinnerungen an seine Stiefschwester ließen sich nicht mehr einsperren. Bilder überrollten ihn. Obwohl glückliche Momente wie ein Film vor seinem inneren Auge abliefen, lähmten sie ihn. Seine Wangen wurden feucht, ein Strom von Tränen rann ununterbrochen. Mit jedem neuen Bild potenzierte sich der Schmerz und David war unfähig die Flut zu stoppen. Vor Erschöpfung fiel er immer wieder für kurze Phasen in einen unruhigen Schlaf, aber das trieb ihn nur tiefer in die Erinnerungen. Jedes Erwachen katapultierte ihn in die Wirklichkeit zurück. Die Wirklichkeit, in der Alex tot war. Sein Herz setzte einen Schlag aus und verkrampfte, bevor es viel zu schnell weiterschlug. Wie lange sein Körper diesem Rhythmus der Folter wohl noch standhalten konnte?

Es war noch dunkel als er auf allen vieren aus dem Flur kroch, um sich aus der Gedankenschleife zu befreien. Die Feuchtigkeit, die durch seine Jeans drang, holte ihn Stück für Stück in die Realität zurück. Um Abstand zu gewinnen, taumelte er in den Wald. Ohne sein Zutun führte ihn sein Unterbewusstsein zum See. Er strauchelte den Pfad entlang, schlitterte den Abhang hinunter und verharrte schließlich regungslos am Ufer. Sein Blick schweifte über die spiegelglatte Wasseroberfläche. Die Wolken gaben die Mondsichel kurz frei und das Wasser schimmerte leicht an einigen Stellen. Aber der friedliche Anblick erreichte nicht sein Herz. Vor seinen Augen spielten sich andere Bilder ab und überlagerten die nächtliche Idylle.

Er kickte die schlammbeschmutzten Sneakers von den Füßen und ging ins Wasser, langsam, aber nicht zögernd. Bereits am Nachmittag, als er mit Finja am See gewesen war, hatte das Wasser ihn angezogen. Anders als zuvor. Bis jetzt war das Gewässer nur Mittel zum Zweck gewesen. Quelle für Trinkwasser oder zum Waschen, aber heute hatte sich ein neuer Gedanke untergemischt. Wie es wäre, unter die Oberfläche zu gleiten und nicht wieder aufzutauchen? Würde der Jeansstoff schwer genug sein, um ihn auf den Grund zu ziehen? Das Wasser umspülte bereits seine Hüften und er setzte weiter einen Fuß vor den anderen.

KAPITEL 12

Finja

Sonnenlicht drang ungefiltert ins Innere und stach Finja in den Augen. Sie drehte sich und kuschelte sich tiefer in die Decke, wunderte sich, warum sie trotz der Schichten fröstelte. Der Bezug raschelte. Heftig trafen sie die Erinnerungen. Ruckartig setzte sie sich auf, suchte den Raum nach David ab. Er war fort. Staub tanzte in den Strahlen der Sonne und verlieh dem Ort eine mystische Aura, trotzdem konnte Finja ihm nichts Schönes abgewinnen. Sie erhob sich, streckte sich und war erstaunt, keine Verspannungen zu fühlen, nur ihre Hände erwachten verspätet und kribbelten, als sie die Finger abwechselnd krümmte und streckte. Wo war David? Der Gedanke durchfuhr sie heiß und sie wollte sofort aufspringen und nach ihm suchen, als er den Bungalow betrat.

„Morgen“, begrüßte er sie schüchtern und ihre Blicke trafen sich flüchtig.

„Guten Morgen, wo warst du?“, fragte sie eilig und biss sich sogleich auf die Lippen.

Er sah irgendwie erfrischt aus. Nasse Haarsträhnen hingen ihm ins Gesicht. Sie waren von Wasser dunkel und wirr, nur mit den Fingern gekämmt. Die Bluejeans und das schwarze T-Shirt waren identisch zum Vortag, aber irgendwie auch nicht. Keinerlei Spuren von Staub und keine Blutspuren. Finja schluckte. Entweder hatte sie alles geträumt oder er besaß mehrfach die gleiche Garderobe. Da der weiße Verband unter seinem Ärmel hervorlugte, musste es die zweite Erklärung sein. Wieder schob sich ein Puzzlestück an seinen Platz, als sie angestrengt nachdachte und nicht sagen konnte, wann er jemals ein anderes Outfit getragen hatte. Auch die dunklen Schatten unter seinen Augen waren ein deutliches Zeugnis der letzten Nacht.

„Warst du baden?“, fragte sie ungläubig und David nickte, als wäre es selbstverständlich.

„Wie spät ist es?“

Finja gähnte herzhaft und schüttelte sich, um die Müdigkeit zu vertreiben. Der Anflug eines Lächelns legte sich auf Davids Lippen.

„Kurz nach sechs. Genug Zeit, dich zu Hause frisch zu machen. Einen Kaffee kann ich dir leider nicht anbieten.“

Ein Rauswurf. Aber was hatte sie anderes erwartet, nachdem er es am Abend immer wieder deutlich gemacht hatte, dass er allein sein wollte. Auch die gemeinsame Nacht schien nichts an seiner Einstellung geändert zu haben.

Hatte es überhaupt eine gemeinsame Nacht gegeben? Eingeschlafen war sie halb neben der gepolsterten Unterlage. Hatte er nur auf ihre gleichmäßigen und tiefen Atemzüge gewartet, um ihr seinen Schlafplatz zu überlassen? Ihr Schlaf war auch unter widrigen Bedingungen tief und fest und die mentale Erschöpfung hatte ein Übriges getan.

„Hast du überhaupt geschlafen?“, äußerte sie ihre Vermutung.

David gab wie erwartet keine Antwort. Das Schweigen lag schwer und unangenehm zwischen ihnen und die zaghafte Leichtigkeit des Morgens war verschwunden.

„Komm mit! Lass uns noch frühstücken“, bat Finja eindringlich.

Ihr war immer noch nicht wohl dabei, ihn aus den Augen zu lassen. Weiterhin nagte die Furcht an ihr, ihn nicht wiederzusehen. Er schwebte fast losgelöst, auf dem Weg in eine parallele Welt, und sie wollte ihn nicht verlieren. Sie wollte sein Anker sein und ihn erden.

„Wir sehen uns in der Schule.“

Eine Mischung aus Rausschmiss und Versprechen, mit dem sie sich widerwillig zufriedengab und respektierte, dass David nicht umzustimmen war.

KAPITEL 13

David

David atmete erleichtert auf, als Finjas Gestalt zwischen den Bäumen verschwand. Selbst nach seiner Rückkehr vom See hatte ihre Anwesenheit auf ihn einen unangenehmen Druck ausgeübt. Es hatte ihn viel Überwindung gekostet, wieder aus dem Wasser zu steigen. Die Verlockung der vollkommenen Schwärze war groß gewesen, aber er wollte keine Zeugen. Er wollte nicht gefunden werden, weder von Finja noch von irgendjemand sonst. Niemand sollte sein endgültiges Verschwinden bemerken, das war das Einzige, was er für seine Mutter noch tun wollte.

Wenigstens die Müdigkeit hatte das Bad aus seinen Knochen vertrieben und er würde hoffentlich genug Energie haben, doch noch für ein paar weitere Tage den Schein zu wahren. Wenn Finja ihn ließ. David konnte nicht einschätzen, was sie wollte und zu welchen Mitteln sie greifen würde. Nicht dass sie ihn bloßstellen würde, aber sie würde helfen wollen und dadurch Konflikte auslösen. Erste Priorität hatte jetzt, seinen Schlafplatz zu verlegen. Er wollte nicht gefunden werden. Egal, was in nächster Zeit passieren würde, David wollte keine

Besucher. Keine Zeugen. Seine Möglichkeiten waren begrenzt. Es würde nicht reichen, bloß in eine andere Baracke in dem Waldstück zu ziehen, um wieder unsichtbar zu werden.

Eine Alternative wäre die kurzzeitige Nutzung eines Zimmers in der Jugendherberge. Vor wenigen Wochen hatte er mehrfach mit dem Gedanken gespielt, sich so den mühsamen Weg mit dem verstauchten Knöchel zu ersparen, aber sein Geld wäre schnell aufgebraucht gewesen und er hatte die Idee verworfen. Die Ausgangslage hatte sich nun verändert. Für die Zukunft brauchte er nicht mehr vorzusorgen. Er konnte sein Erspartes in den nächsten Tagen verprassen. Eine normale Unterkunft hätte auch den angenehmen Nebeneffekt, dass er Finja besänftigen würde. Eine Woche trennte ihn noch von den Ferien, in dieser würde er die Normalität aufrechterhalten, und dann konnte er sich leichter von der Bildfläche stehlen.

Die selbst gesetzte Frist schenkte ihm Trost. Bis zur Zeugnisvergabe nächsten Donnerstag würde er irgendwie durchhalten. Blieb für jetzt nur noch die Entscheidung, wohin mit seinen Sachen. Es gab noch andere leerstehende und zerfallene Häuser in der Nähe. Er vermutete, dass die im Wald versprengten Gebäude früher eine Art Erholungszentrum gewesen waren. Die Natur hatte sich das Terrain weitgehend zurückerobert und der marode Charme der Ruinen lockte Spaziergänger an. Er war froh, einen der winzigen Bungalows entdeckt zu haben, der abseits der Wege lag und so in Vergessenheit geraten war. Ein Zustand, der dem seinen glich und eine perfekte Symbiose abgegeben hatte, bis Finja dazwischengefunkt hatte. Erbost schulterte David seine Sachen und verließ den Betonklotz ohne zurückzublicken. Er würde einen neuen Ort finden, um endgültig vergessen zu werden.

David betrat den Klassenraum. Er war froh, das Wiedersehen mit Finja, die in Begleitung ihres Bruders war, halbwegs unverkrampft überstanden zu haben, aber damit war sein Glück aufgebraucht. Frau Voss fing ihn ab und winkte ihn energisch zu sich. David erstarrte. Ihr Wissen über den Klinikaufenthalt seiner depressiven Mutter drängte ihn in die Defensive. Er fühlte sich unter Beobachtung und unter Druck gesetzt, das Richtige zu sagen. Sich nicht zu verraten.

„David, ich würde dich heute gern noch einmal nach vorne holen. Deine Leistungen sind leider ungenügend, aber ich möchte dich nicht mit einer Vier ins zweite Abijahr schicken."

David schloss kurz die Augen und zwang sich zu einem gepressten Lächeln, als er sie wieder öffnete.

„Ich weiß, dass du es gerade schwer hast, deswegen möchte ich dir die Möglichkeit geben, mich mündlich zu überzeugen. Je nach deiner heutigen Leistung könnte ich dir noch einen oder zwei Punkte mehr für dieses Halbjahr geben."

Dass du es gerade schwer hast. David hätte gern hysterisch gelacht. Ausgeschlossen, dass er nach der letzten Nacht einen sinnvollen Zusammenhang zum Elektromagnetismus formulieren würde.

„Danke für das Angebot, aber ich schaffe es gerade nicht. Ich werde mich im nächsten Jahr mehr anstrengen", würgte er hervor.

David wollte sich endlich in seiner Ecke in der letzten Bankreihe verkriechen, aber Frau Voss quälte ihn weiter.

„Wenn du im Sommer Zeit hast, besuch doch den Ferienkurs, der könnte dir helfen, die Lücken zu schließen. Ist bestimmt nicht einfach nach einem Schulwechsel."

Mit einem warmherzigen Lächeln, das an David abprallte, hielt sie ihm einen Handzettel entgegen und er zwang sich, das Papier nicht direkt zu zerknüllen. Er brachte ein Nicken zustande und flüchtete an seinen Platz. Er konnte sich an der Skizze eines Versuchsaufbaus verkünsteln, aber er würde nie die dahinterliegenden Zusammenhänge entschlüsseln. In einem hatte Finja recht gehabt: Er musste aufhören, einem Ziel hinterherzujagen, das für ihn unerreichbar war. Allerdings galt die Erkenntnis nicht nur für sein Abitur. Seine Finger krallten sich in den abgenutzten Stoff des Rucksacks. Er zwang sich, die Hände zu öffnen, und packte zittrig die nötigsten Utensilien aus. Mühsam konzentrierte er sich auf die Stimme der Lehrerin, als der Unterricht begann, während seine Hand zum Stift griff und sich wie von selbst bewegte.

Vor Wut zerbrach er den Bleistift in seiner Hand. Er starrte auf das Bild, das sich aus feinen Strichen geschaffen hatte, und stockte. Eine kleine Stubsnase und geschwungene Lippen. Alex schaute ihn an. Mit einem friedlichen Ausdruck in den großen Augen. Den Rest der Stunde saß David regungslos, wie hypnotisiert von der Zeichnung, ohne sie richtig wahrzunehmen. Lange hatte er sich verboten zu zeichnen. Das Motiv, das sich ihm aufdrängte, war immer dasselbe und quälte ihn. Er würde ihr nie gerecht werden. Hell und schneidend fuhr der Schmerz ihm mitten ins Herz.

Der Wind strich über den See, kräuselte die Oberfläche leicht und hinterließ eine Gänsehaut auf seinem nackten Oberkörper. David lag auf dem Rücken, die Ohren bedeckt von den Kopfhörern, allerdings kam keine Musik mehr aus den Muscheln. Der Akku seines Telefons hatte nur noch für die Wiedergabe einiger weniger Songs gereicht. Nach dem Physikunterricht hatte er das Schulgelände sofort verlassen, hatte einen Stopp im Getränkeladen eingelegt und war dann ohne Umwege zu seinem Stammplatz am Seeufer gefahren. Wenigstens erlaubte ihm seine Volljährigkeit, legal hochprozentigen Alkohol zu kaufen, also warum nicht etwas Neues ausprobieren? Beißend rann der billige Wodka seine Kehle hinunter. Der Effekt war nicht annähernd so zufriedenstellend wie die tiefen Schnitte, aber die Nachwirkungen waren äußerlich weniger auffallend. Ein Alkoholexzess war leichter zu verbergen, er hatte immer noch den Plan, die sieben Tage bis zur Zeugnisübergabe durchzuhalten. Zugegeben war es heute nicht planmäßig verlaufen. Kleinste Abweichungen warfen ihn aus dem Gleichgewicht, aber er war trotzdem noch entschlossen, damit Finja ruhigen Gewissens leben konnte und nichts davon zu seiner Mutter drang. Egal, was ihr Verstand aus den Fragen machen würde, er wollte ihr keinen Kummer bereiten. Der Gedanke an sie hatte ihn davon abgehalten, sich direkt nach Alexandras Tod die Pulsadern aufzuschneiden. Für sie war er wieder aufgestanden, nachdem Torsten unkontrolliert seinen Hass auf ihn freigelassen hatte, war mit umgezogen und hatte einen Neuanfang versucht. Kurzzeitig hatte es ausgesehen, als würde das neue Haus ohne belastende Erinnerungen eine heilende Wirkung auf sie haben, aber der Erfolg war nur flüchtig. Seine Mutter hatte ihn immer ihren Engel genannt, deswegen war es ihm nicht sofort aufgefallen. Seinen Kosenamen verdankte er seiner Haarfarbe, die im Kindesalter strohblond gewesen war. Zusätzlich hatte er laut ihren Erzählungen im Grundschulalter eine Weile lang den Friseurbesuch verweigert. Aber der Übergang zur echten Lichtgestalt war für ihn ein Schock gewesen. Sie hatte ihre Ängste mit ihm geteilt, hatte gesprochen, als wäre er nicht mehr wirklich anwesend, und sich letztlich entschuldigt, dass sie ihn wohl auf Erden festhalte und ihm den erlösenden Übertritt in die Welt der Toten versperre. Am nächsten Tag hatte sie ihm zugeflüstert, dass er nicht traurig sein solle, dass Torsten ihn nicht sah, sondern das als Zeichen ihrer spirituellen Verbindung annehmen. David hatte die Tatsachen nicht mehr leugnen können, und die Erkenntnisse hatten sein Inneres zu Eis gefrieren lassen. Ein Gefühl, das ihn seitdem nicht mehr losließ. Selbst an sonnigen Tagen taute ihn die Wärme nicht mehr vollständig auf. Ein Stimmungswechsel seiner Mutter hatte ihn dann in den Abgrund gestoßen. Sie war aggressiv geworden und hatte ihm verboten weiter herumzuspuken. Sie habe keine Kraft mehr, seine Nähe zu ertragen. Daraufhin hatte Torsten ihn rausgeworfen. Nicht grob oder handgreiflich, nur mit der Bemerkung: „Du stiftest Unruhe, such dir was anderes und bleib fern. Erspar ihr deinen Anblick und verschwinde.“

David hatte sich stumm gefügt, hatte wie betäubt, bepackt mit der Sporttasche und der einfachsten Ausstattung für eine Schlafstätte, das Haus verlassen. Unter dem Carport hatte er sich gesammelt, den Reißverschluss seiner Jacke geschlossen und sich im feinen Nieselregen davongemacht. Fast zwei Monate lag dieser Tag zurück und seitdem hatte er seine Mutter nicht mehr gesehen.

Ihm wurde bewusst, dass er sie wohl auch nie wiedersehen würde. Seinem von einem halben Liter Wodka vernebelten Verstand fiel es leicht, diese Wahrheit zu akzeptieren. Seine Entscheidung folgte sogar einer Logik. Er hatte bis dahin für sie funktioniert und jetzt war das nicht mehr nötig. Er konnte in den Zustand übergehen, den sie für ihn bereits vorweggenommen hatte. Wahrscheinlich hatte sie erkannt, dass es unausweichlich war und sich deswegen auf ihre Art davor geschützt. David nahm einen großen Schluck aus der durchsichtigen Flasche mit dem russisch klingenden Namen auf dem Etikett und ließ sich rücklings ins Gras sinken. Die Flüssigkeit brannte. Fraß sich durch die Speiseröhre zum Magen. Sieben Tage noch.

David knurrte unverständlich und versuchte die Störung abzuschütteln. Mit flüchtigen Berührungen tastete jemand an seinem Handgelenk und an seiner Halsschlagader nach seinem Puls. Jemand rüttelte an seiner Schulter, aber er hatte kein Interesse zu reagieren. Stille trat wieder ein und er wähnte sich in Sicherheit, als ihn ein Schwall Wasser im Gesicht traf. Prustend setzte er sich auf und spuckte das Wasser aus, das ihm in Mund und Nase gelaufen war.

„Was soll das?", grunzte er ungehalten.

„Sag du es mir!", rief Finja aufgebracht. Die Hände in die Hüften gestemmt stand sie direkt vor der Sonne und David musste die Augen mit der Hand abschirmen, um mehr als ihren Umriss erkennen zu können.

„Du warst nicht in der Kantine und ich hatte Panik! Jetzt finde ich dich hier, wie du deinen Rausch ausschläfst!"

Ihre Stimme hallte unangenehm in seinem Kopf nach. Seine Finger tasteten nach der Wodkaflasche, aber Finja stieß sie mit dem Fuß weg.

„Wage es ja nicht!“

Empört funkelte sie David an.

„Ich habe nicht ausgeschlafen. Aber ich habe wenigstens ein wenig Ruhe finden können“, murmelte er und ließ sich schwer zurück ins Gras sinken.

„Ich hatte eine Scheißangst um dich!“, flüsterte sie.

Vielleicht hatte sie nur laut gedacht und der Gedanke war nicht für ihn bestimmt. Er ignorierte die Erkenntnis, dass sie sich um ihn sorgte, und reagierte nicht auf ihr Geständnis. Finja ließ sich von seiner Distanziertheit nicht abschrecken. Sie ließ sich im Schneidersitz neben ihm nieder und musterte ihn.

„Was wollte Frau Voss von dir?“

David neigte den Kopf zur Seite und sah sie fragend an.

„Sandra, meine Freundin, sitzt auch mit dir in Physik, oder hast du sie nie bemerkt?“

Es war ihm tatsächlich nicht bewusst. Er hatte sie einfach nicht wahrgenommen.

„Sie hat mir angeboten, meine Note durch eine mündliche Erniedrigung aufzubessern, aber ich habe dankend abgelehnt.“

„Und zum Sommerkurs gehst du auch nicht?“

Bei den Worten zog sie ein Blatt aus ihrem Rucksack und hielt ihm den Handzettel entgegen. Sein Exemplar, das er auf seinem Platz zurückgelassen hatte und dessen Rückseite Alex’ Gesicht zierte. Ihm war sofort klar, warum Finja das Schlimmste befürchtet hatte, und er schämte sich.

„Sie ist wunderschön.“

Finja flüsterte und betrachtete die Zeichnung, die jetzt auf ihrem Schoß ruhte.

„War", korrigierte David bitter. „Das Gekrakel wird ihr nicht gerecht."

„Gekrakel?" Ungläubig schüttelte Finja den Kopf und fuhr bedächtig die Konturen mit dem Zeigefinger nach.

„Behalte es. Vernichte es. Ich will es nicht."

„David …", begann Finja, aber er unterbrach sie.

„Du hast mich gefunden. Ich lebe noch und ich hatte nicht vor, daran etwas zu ändern."

Seine Stimme war dunkel und die Zunge schwer vom Alkohol.

„Nein, stattdessen betrinkst du dich."

„Besser als …" David sprach nicht weiter, aber wahrscheinlich wusste Finja sofort, was er verschwieg.

„Anstatt dich zu verstümmeln?", fuhr sie ihn an und brach die stillschweigende Vereinbarung, nicht über sein selbstverletzendes Verhalten zu sprechen.

Er ertappte Finja dabei, wie sie die Wunde musterte. Der Verband war ab und unterhalb der Schürfwunde sahen die Schnitte wie Überbleibsel eines Tierangriffes aus. Als hätten die Krallen einer Raubkatze ihn zerfetzt. Rot, wulstig und an den Rändern ausgefranst. Aber Finjas Blick war nicht angewidert, sondern fragend. Kurz trafen sich ihre Blicke, bevor sie wieder die Zeichnung betrachtete. Eine Weile lag ein bedrückendes Schweigen zwischen ihnen, bis sie eine Frischhaltebox aus dem Rucksack hervorzog.

„Du brauchst mich nicht mit Essen zu versorgen. Ich komme gut zurecht", knurrte David verärgert.

Skeptisch musterte Finja seinen Oberkörper. Bauchmuskeln und Rippenbögen traten deutlich hervor und bezeugten seine offensichtliche Lüge. Sie packte sich ein

Sandwich aus und biss herzhaft hinein. Wahrscheinlich wollte sie ihn zum Essen animieren, aber er fühlte nur Übelkeit aufsteigen.

„Finja, bitte, das ist hier kein fröhliches Picknick. Könntest du mich und meinen Freund Gorbatschow in Ruhe lassen?“

David stützte sich auf die Unterarme und genoss das Ziehen, das daraufhin durch die tiefen Schnitte schoss, während die Haut sich spannte. Er stemmte sich ganz in eine sitzende Position und bemerkte seinen Fehler erst, als er Finjas entsetzten Blick registrierte, der auf seinen Rücken geheftet war. Seufzend drehte er sich ganz zu ihr, um ihr die Sicht zu nehmen, aber es war zu spät.

„Was ist das?“

„Eine Brandnarbe“, antwortete David knapp.

Unterhalb der Spitzen seines Schulterblattes prangte ein breiter Gürtel aus Narbengeflecht. Die Hautstelle setzte sich deutlich hell ab und sah aus wie die Oberfläche eines verschrumpelten Apfels.

„Wie ist das passiert?“, konkretisierte Finja ihre Frage.

„Bei einer Party geriet eine Scheune in Brand. Ein brennender Balken stürzte auf mich herab und die Feuerwehr hat mich geborgen.“

„Und Alexandra?“, fragte Finja leise.

Natürlich musste sie die Puzzleteile richtig zusammenfügen und er vermutete, sie würde weiterbohren, bis sie die Wahrheit kannte. Vielleicht konnte er sie damit von sich stoßen. Wenn sie seine Schuld kannte, würde sie ihn endlich mit anderen Augen sehen.

„Sie hatte kein Glück. Während die Feuerwehrmänner mich gerettet haben, ist sie an Kohlenmonoxid erstickt. Rauchgasintoxikation.“

Davids Stimme war geschwängert vom Alkohol und er lallte leicht. Trotzdem kamen die bedeutungsschweren Wörter fließend über seine Lippen.

„Aber das war doch nicht deine Schuld!“, platzte Finja heraus.

„Doch! Sie war nur dort, um mich abzuholen, weil ich nie zur verabredeten Zeit nach Hause kam. Sie hatte gerade ihren Führerschein gemacht und wollte mich pünktlich um Mitternacht einsammeln, um mir die Strafpredigt zu ersparen, die ich ständig kassierte. Stattdessen sah sie eine brennende Scheune und ich fehlte bei den Feiernden, die sich im Freien versammelt hatten. Sie ist reingerannt, weil sie dachte, ich wäre noch drinnen. Während ich mit der Gastgeberin im Haus beschäftigt war.“

Offener Zorn schwang in seiner knappen Erklärung mit und er wurde mit jedem Wort lauter und eindringlicher. Voller Hass auf sich selbst. „Ich bin unzuverlässig, rücksichtslos und habe mich vergnügt, während sie mich retten wollte.“

„Und dann hast du sie retten wollen und bist ihr hinterhergelaufen“, äußerte Finja ihre Vermutung, aber David schüttelte trotzig den Kopf.

„Als wir draußen zu den anderen stießen und ich erfuhr, dass Alex mich suchte, war es zu spät. Die Flammen schlugen schon aus dem Dachstuhl. Ich bin kaum durch das Tor gekommen und ging schon zu Boden. Ich war den Rettungskräften nur im Weg.“

Seine Erregung verflog mit den letzten Sätzen und er kämpfte mit sich und den Worten.

„Du hättest nichts machen können. Und du hast bestimmt nicht im Weg gelegen“, reagierte Finja bestimmt, aber er ignorierte ihren Protest. Sie kannte ihn nicht und konnte nicht verstehen, wie allein sein Verhalten schuld an ihrem Tod war.

„Aber sie ist gestorben und ich habe überlebt. Andersherum wäre es fair gewesen.“

„Fair? Das kannst du nicht wirklich denken! Kein Tod ist fair.“

„Glaub mir, ich bin mit meiner Meinung nicht allein“, schnaubte David und angelte sich die vom Gras halbverdeckte Wodkaflasche.

Finja saß regungslos nach seiner Beichte und hielt ihn nicht zurück.

„Hat dein Stiefvater dir das eingeredet?“, presste sie hervor.

„Das musste er nicht. Das ganze Dorf war der Ansicht, dass ich es verdient hätte.“

„Verdient? David, hörst du dir überhaupt selbst zu? Du trauerst, bist verletzt und wirst behandelt wie ein Aussätziger! Und du sollst schuld sein?“

Finja redete sich in Rage, aber David zuckte nur ausdruckslos mit den Schultern.

„Lass gut sein. Du hast gefragt und ich habe geantwortet. Jetzt kennst du mein Verbrechen. Lässt du mich jetzt in Frieden?“

Sprachlos starrte Finja ihn an, aber er war fertig mit reden. Ohne den Einfluss des Alkohols hätte er gar nicht erst damit angefangen. David nahm einen weiteren Schluck und unterdrückte den Würgereiz. Mit einem Schwenk prüfte er, wie viel Wodka in der Flasche noch verblieben war, und trank wieder, ignorierte das scharfe Brennen. Suchend blickte er sich nach seinem Shirt um, griff es und schaffte es fast elegant, den schwarzen Stoff über den Kopf zu ziehen und die Narben auf seiner Haut wieder zu verstecken.

„Der Fusel betäubt nicht ganz so gut, aber ich würde jetzt gern noch ein wenig schlafen", lallte David und sank wieder auf der Grasfläche zusammen, die sein Körper bereits platt gelegen hatte. Seine Lider flackerten kurz und er fiel in einen erlösenden Dämmerzustand.

KAPITEL 14

David

Das Singen der Vögel war unangenehm schrill. Das sonst sanfte Plätschern des Sees gegen das Ufer dröhnte in seinem Kopf. Die Sonne war hinter den Bäumen verschwunden und er fröstelte. Es musste Abend sein. Ein weiterer Tag, den er abhaken konnte. Die Nacht zählte David nicht mit, die verbrachte er für sich und musste sich nicht verstellen. Sein Gedankenkarussell stockte, er nahm einen zarten fruchtigen Duft wahr, der nicht in den Wald passte.

Es war kein wirrer Traum im Alkoholnebel gewesen.

„Warum bist du noch da?"

Seine Stimme klang kratzig und er hatte einen abgestandenen, fahlen Geschmack im Mund. Sein Wodkaplan war wenig ausgereift gewesen und er hatte nicht über das Danach nachgedacht.

„Möchtest du jetzt ein Sandwich?"

Der Pelz auf seiner Zunge wuchs und David schüttelte den Kopf. Sofort bereute er die Bewegung, weil helle Blitze durch seinen Kopf zu zucken schienen.

„Reicht nicht ein Seelenstriptease? Muss ich alles noch mal durchkauen?", fragte er matt.

„Hätte ich dich allein liegen lassen sollen?"

„Warum denn nicht? Ist ja nicht so, als könnte man bei mir irgendetwas klauen."

David lachte kehlig auf und hielt weiterhin die Augen geschlossen. Eine leise Hoffnung hatte er noch, dass sie gehen würde, wenn er sie ignorierte.

„Du hattest bestimmt zwei Promille intus, da lasse ich dich nicht allein."

„Plötzlicher Atemstillstand bleibt mir leider verwehrt", murmelte David. Er weigerte sich weiterhin, an seiner Umgebung teilzuhaben. Wahrscheinlich würde er nichts fokussieren können, wenn er die Augen öffnete, und alles würde sich drehen.

„Ich bin jetzt wach, wenn das deine Sorge war, kannst du verschwinden."

Ein Boxhieb traf ihn grob in die Seite.

„Pass auf, wie du mit meiner Schwester redest!"

David durchzuckte es unangenehm und er war sich sicher, dass dies keine Nachwirkungen vom Wodka waren. Im Gegenteil, er fühlte sich plötzlich nüchtern, verraten und ausgeliefert. Er hatte nicht erwartet, dass sie sich Verstärkung holen würde.

„Allein trinken ist uncool, Alter. Ich hätte dich doch moralisch unterstützen können. Scheiß auf Physik, du hast noch ein ganzes Jahr, um das auszugleichen."

David setzte die Botschaft hinter Lukes Worten zusammen. Anscheinend hatte Finja die wahren Beweggründe für seinen Absturz verschwiegen und ihrem Bruder eine einfache Begründung geliefert, die seinen Zustand ausreichend erklärte.

„Ziemlich verstecktes Plätzchen hast du hier gefunden", redete Luke weiter, ohne sich von der angespannten Stimmung anstecken zu lassen. „Ohne GPS-

Koordinaten hätte ich euch hier nicht gefunden, und trotzdem musste Finja mich an der Gabelung abholen. Und mit dem ganzen Gepäck war es auch nicht leicht."

„Okay, wir haben es verstanden. Wir huldigen dir für deinen aufopfernden Pilgerweg zu uns", spottete Finja.

„Los Alter, gegen den Kater helfen Flüssigkeit und Nahrung, also öffne deine Augen Dornröschen und setz dich zu uns!"

Zur Untermalung seiner Worte versetzte Luke David erneut einen Stoß in die Seite.

Widerwillig folgte David der Aufforderung. Er blinzelte und schaute in den wolkenlosen Himmel, der durch das lichte Blätterdach am Uferrand sichtbar war. Schwer stützte er sich hoch, wobei die Decke auf seinen Schoß rutschte, die er erst jetzt verwundert wahrnahm. Er warf Finja einen finsteren Blick zu, den sie beflissen ignorierte. Seine kleine Zufluchtsstätte hatte sich in einen belebten Picknickplatz verwandelt. Eine große karierte Decke lag auf dem festen sandigen Boden, in deren Mitte türmten sich zahlreiche Verpackungen mit Knabberzeug, Süßigkeiten und Fingerfood, sogar abgepackte Salate samt Dressing waren dabei. Das Angebot wurde ergänzt von Limonaden und Wasserflaschen.

Er zog scharf die Luft ein, als er aufgerollte Isomatten und Schlafsäcke sah.

„Was soll das hier?", keuchte er entsetzt.

„Reg dich ab, wir wussten nicht, wann du aufwachen würdest, und du bist zwar ein dürres Klappergestell, aber trotzdem zu unhandlich, um dich aus dem Wald zu tragen. Da können wir es uns doch alle gemütlich machen. Ich kann euch zwei Turteltauben auch allein lassen."

„Nein", antworteten David und Finja einstimmig.

„Aber ihr könnt beide gehen", fügte David hinzu. „Ich schwebe nicht in akuter Lebensgefahr und will keine Gesellschaft."

„Keine Option, Alter. Lass uns doch auch ein wenig Spaß in der Wildnis", warf Luke ein. „Mindestens einer bleibt oder wir gehen zu dritt. Nicht dass du im Suff noch weiter gegen die Natur kämpfst und verlierst."

David zupfte an seinem Ärmel und versuchte, die Schnitte besser zu verdecken, erwiderte aber nichts. Jede Theorie war besser als die Wahrheit. Seufzend griff er eine große Wasserflasche und trank sie in einem Zug halb leer. Trotzdem fühlte es sich an wie ein Tropfen auf den heißen Stein und konnte nicht annähernd den Brand löschen, den er empfand. Er scannte die Essensauswahl, griff eine Packung Salzstangen und zog sich damit zu seinem Stammplatz am umgekippten Baumstamm zurück. Das Knacken der Stangen, wenn er abbiss, hallte unnatürlich laut in seinen Ohren wider, während er überlegte, welche Optionen ihm blieben. Luke sollte kein weiterer Mitwisser werden. Je mehr es gab, desto weniger hatte er die Kontrolle. Auch wenn Kontrolle eine Illusion war, die ihm schon vor langer Zeit entglitten war. David konnte nicht einschätzen, wie Luke auf seine Obdachlosigkeit reagieren würde. Verstohlen sah er zu Finja, die im Schneidersitz auf der Decke saß und in Gedanken versunken auf die grünlich schimmernde Oberfläche des Sees schaute. Sie hatte bereits die letzte Nacht im Freien verbracht und Erschöpfung zeigte sich in ihren Gesichtszügen. Es war unfair, ihr zuzumuten, hier draußen zu bleiben, aber würde er es schaffen, mit Luke allein zu sein? Es wäre das Klügste nachzugeben und mit zu ihnen zu fahren. Eine Nacht und sechs Tage noch.

Mit angewinkelten Beinen saß David auf der breiten Fensterbank im ersten Stock. Das Gästezimmer war großzügig geschnitten und hell eingerichtet. Den größten Platz nahm ein Doppelbett ein, an dessen Seiten kleine Nachtschränke mit Leselampen standen. Auf der Matratze hatte er keine Ruhe gefunden, sich hin und her gewälzt und sich letztendlich auf den Fenstersims zurückgezogen. Er trug eine Jogginghose und ein Shirt von Luke, während seine Kleidung in der Waschmaschine Kreise drehte. In die Ecke gekauert, die Arme lose um die Beine geschlungen und den Kopf seitlich auf die Knie gelegt, schaute er in die Nacht hinaus und versuchte seine aufgewühlten Gedanken zu beruhigen. Wieder und wieder fragte er sich, was in ihm vorgegangen war, dass er hier gelandet war. Warum konnte er nichts richtig machen und wenigstens seine Isolation vernünftig durchziehen? Freundschaften waren das Letzte, was er sich erlauben durfte, und das Ziehen in seiner Brust, wenn er Finja sah, wie sie ihn verstohlen musterte, wurde stärker. Wie kam er hier wieder raus, ohne noch mehr Schaden zu verursachen? Das erste Mal seit dem Unglück hatte er mit jemandem über den Brand gesprochen. Sein Hals kratzte von den vielen Worten. Jede Wahrheit, die er Finja erzählt hatte, hatte sich wie ein Dolch in sein Herz gebohrt. Die Theorie, laut der reden helfen sollte, konnte er nicht nachvollziehen. Es hatte ihn bloß an sein Versagen und seine unzähligen Fehler erinnert. Wahrscheinlich zogen ihn die Scherben magisch an, weil sein Inneres genauso von Rissen durchzogen war wie das gesprungene Glas. Der Verfall setzte sich unaufhaltsam fort und mittlerweile hatte er akzeptiert, dass der Prozess nicht umkehrbar war. Er musste nur einen Weg aus diesem Käfig finden, in den die Zwillinge ihn zwangen.

Ein Klopfen riss ihn aus seinen düsteren Gedanken. Obwohl er nicht hereinbat, öffnete sich die Tür lautlos und an den Schritten erkannte er, dass Finja den Raum betrat.

„Kannst du nicht schlafen?“, fragte sie leise und trat ans Fenster. Der Sims war breit genug, dass Finja in der gegenüberliegenden Nische Platz nehmen konnte und eine ähnliche Haltung wie er einnahm.

„Euer Bett ist zu bequem.“

„Tut mir leid.“

David hob den Kopf und sah Finja an. In dem schwachen Licht schimmerten ihre braunen Augen dunkel und er sah, dass sie um Verzeihung bat.

„Das Bett ist nun wirklich nicht deine Schuld.“

„Das meine ich auch nicht. Es tut mir leid, dass ich Luke zu Hilfe geholt habe.“

David stöhnte und richtete den Blick wieder in die Dunkelheit.

„Es war unfair, aber ich hätte es nicht geschafft, dich aus dem Wald zu bringen. Du hättest nicht auf mich gehört und ich konnte dich nicht zurücklassen. Du konntest nicht noch eine Nacht dort schlafen.“

„Warum nicht? Ich bin die letzten zwei Monate wunderbar klargekommen.“

Wunderbar war vielleicht ein wenig übertrieben, aber er hatte überlebt. Er hatte sich an seinen achtzehnten Geburtstag geklammert in der Hoffnung, dass er es dann auf die Reihe kriegen würde. Eine kindische Wunschvorstellung, die ihn doch angetrieben hatte. Irgendwie.

Finja schluckte sichtbar. Schockiert sah sie ihn an. Unbeabsichtigt hatte er schon wieder etwas preisgegeben, was er nicht wollte. Er biss sich auf die Unterlippe und ermahnte sich, besser aufzupassen.

„Ich möchte, dass du bleibst! Wohn hier, bis du eine Wohnung gefunden hast."

David lachte freudlos.

„Das ist vollkommen unmöglich, weil ich keine Wohnung bekommen werde, und das weißt du. Luke wird mehr brauchen als eine schlechte Note in Physik, um meinen Zustand zu akzeptieren. Dein Vater wird Fragen stellen, die ich nicht beantworten kann, und ich will nicht, dass jemand bei Torsten vor der Tür steht."

„Warum nicht? Er hat dich rausgeschmissen und es ist dein Recht …"

„Nein!", fauchte David. „Ich bin da … war da, wo ich hingehöre."

Finja atmete tief durch und nahm wieder etwas Tempo aus der hitzigen Unterhaltung.

„Ich verlange nicht von dir, dass du am Familienleben teilnimmst. Du musst zu den Mahlzeiten nicht am Tisch sitzen, sondern kannst kommen und gehen, wann du möchtest. Ich möchte nur, dass du einen Schlafplatz hast. Wenn du einverstanden bist, erzähl ich, dass deine Mutter in der Klinik ist und du Abstand brauchst. Wenigstens für ein paar Tage", unterbreitete sie ruhig ihren Vorschlag.

„Du wirst nicht lockerlassen, oder?"

Sein Widerstand bröckelte und er hasste sich für diese Schwäche.

„Nur bis Donnerstag", willigte er zerknirscht ein und fügte bestimmt hinzu: „Nach der Zeugnisübergabe bin ich weg."

Finja glitt von der Fensterbank. Noch einmal suchte sie nach seinem Blick, aber er ignorierte sie und wandte sich stur zum Fenster. Auf keinen Fall durfte er ihr falsche Hoffnungen machen. Endlich schlich sie aus dem Zimmer und schloss die Tür hinter sich.

Der Duft von Rührei und Speck empfing David bereits im Treppenhaus. Finja hatte ihm im Bad seine gewaschene Kleidung, die noch eine Restfeuchte vom Trockner besaß, Handtücher und Toilettenartikel bereitgelegt und ihm einmal mehr vor Augen geführt, dass er ein Schmarotzer war. Mit schlechtem Gewissen hatte er geduscht und mechanisch die morgendliche Badroutine abgespult. Seine Haare hingen feucht im Gesicht und seine Finger krampften sich um den Gurt des Rucksacks, als er die Treppenstufen nahm. Alles in ihm schrie danach, zur Haustür abzubiegen und die Flucht zu ergreifen. Aber es wäre den Zwillingen gegenüber nicht fair. Er folgte dem verführerischen Geruch in die Küche und ein lautes Knurren verriet seinen Hunger.

„Guten Morgen, Lust auf mein Spezialkaterfrühstück?“

Luke stand hinter einer Kücheninsel und kratzte mit einem Pfannenwender die angebackenen Eikrümel auf zwei bereitstehende Teller. Er stellte die gusseiserne Pfanne in die Spüle, griff eine bunte Porzellantasse und reichte sie David über den mittleren Block.

„Riecht lecker. Da kann ich schlecht widerstehen.“

David setzte sich auf einen hohen Hocker und griff dankbar nach der Tasse. Er pustete leicht in den aufsteigenden Dampf und trank einen kleinen Schluck.

„Wie geht's deinem Kopf? Brauchst du Aspirin?"

„Nein, geht schon." David nahm noch einen Schluck von dem schwarzen Gebräu und fügte hinzu: „Danke, wegen letzter Nacht."

Ihm war unwohl, weil er nicht wusste, ob Finja schon mit ihrem Bruder gesprochen hatte.

„Kein Problem, Alter, gut, dass Finja auf dich aufgepasst hat. Hau rein!", forderte Luke David auf und schob ihm einen Teller mit Eiern, Frühstücksspeck und goldbraunem Toast über die Arbeitsfläche.

Luke biss von einem vor Fett tropfenden knusprigen Streifen Frühstücksspeck ab. Er aß direkt im Stehen auf der anderen Seite des Küchenblocks und verschlang in Windeseile seine kalorienreiche Mahlzeit.

„Schön, mal nicht allein zu frühstücken, da lohnt sich das Menü deluxe wenigstens", bemerkte Luke kauend. „Sehen wir uns jetzt öfter?"

David begegnete kurz Lukes neugierigem Blick und konzentrierte sich wieder auf seinen Teller.

„Ist gerade etwas angespannt zu Hause. Meine Mutter ist in der Klinik und ich will da nicht zurück. Wenn es für dich okay ist, würde ich ein paar Tage bleiben."

„Klar, wir haben Platz und du kannst bleiben, so lange du willst. Papa kann Finja sowieso keinen Wunsch ausschlagen."

„Ich bleib nicht lange", warf David ein. „Sobald das Schuljahr rum ist, bin ich weg."

„Weg?"

Luke schaute auf, ließ die Gabel ruhen und fokussierte David.

„Ich kann schlecht auf Dauer bei euch einziehen", scherzte David, um die Aufmerksamkeit wieder von sich zu lenken, aber Luke ließ nicht locker.

„Wo willst du hin? Schmeißt du das Abi?"

„Ich weiß es nicht. Ich muss schauen, wie der Sommer läuft", antwortete David vage.

„Halt bitte Abstand zu Finja, bis du dir sicher bist, ob du bleibst", bat Luke direkt.

David schaute bestürzt auf und begegnete dessen ernstem Blick. Er wollte etwas erwidern, als sich die Küchentür öffnete und Finja hereinkam. Ihre Haare waren noch feucht von der Dusche und einige Strähnen hatten sich aus dem eilig geflochtenen Zopf gelöst.

„Guten Morgen", grüßte sie freudig und bemerkte nicht, dass sie in einen ungünstigen Moment gestolpert war. „Seid ihr fertig mit schlemmen?"

„Voll aufgetankt", scherzte Luke und fiel ohne Übergang in seinen üblichen Modus zurück.

Mit einer Hand räumte er seinen leeren Teller in die Spülmaschine und führte mit der anderen den Kaffeebecher zum Mund. Er griff in die Obstschale, nahm einen Apfel und warf ihn seiner Schwester zu. Die Vertrautheit zwischen den Geschwistern versetzte David einen Stich und er wandte sich wieder seinem Essen zu. Doch der Appetit war ihm vergangen und er stocherte lustlos mit der Gabel herum, während der Knoten in seinem Magen anwuchs.

„Abfahrt in fünf Minuten", rief Luke über die Schulter, als er die Küche verließ.

„Ich nehme das Fahrrad, ihr braucht nicht auf mich zu warten", meldete sich David ohne aufzusehen und schob das Rührei weiter auf seinem Teller hin und her.

„Hat Luke das Essen anbrennen lassen?"

Finja näherte sich ihm und David wich instinktiv zurück. Lukes Worte noch frisch im Kopf, achtete er darauf, dass der Abstand zwischen ihnen gewahrt blieb.

Sie biss sich auf die Unterlippe und sah ihn fragend an, aber er ignorierte sie stur.

„Hier, der Hausschlüssel. Wie besprochen gibt es keine Verpflichtungen."

Finja hielt ihm einen einzelnen Schlüssel hin. Am Schlüsselring hing ein geflochtener Anhänger, ähnlich einem selbst geknüpften Freundschaftsarmband.

David zögerte, ihn anzunehmen.

„Ich ..."

„Mach jetzt bitte keinen Rückzieher", bat Finja leise. „Hat Luke dir zu viele Fragen gestellt?"

„Nein, es ist nur ..."

„David, nutz die Tage, um Kraft zu tanken. Bitte!"

Finja legte den Schlüssel neben ihn und ging mit schnellen Schritten aus dem Raum.

David sackte tiefer in sich zusammen. Er hatte die Tränen gesehen, die in ihren Augenwinkeln glitzerten und die sie vor ihm verbergen wollte. Lukes Worte hallten lauter in seinem Kopf. Es war nicht seine Absicht, Finja zu verletzen. Sie war der Grund, warum er nachgegeben hatte und die vergangene Nacht hier im Haus verbracht hatte. Warum er zugesagt hatte zu bleiben. Hatte er unbewusste Signale gesendet? Sie konnte doch nicht ernsthaft Gefühle für ihn entwickeln, nachdem er ihr gestanden hatte, was für ein Mensch er war und welche Schuld auf ihm lastete. Wahrscheinlich existierte ein unsichtbares Band zwischen den Zwillingen und Luke spürte Signale seiner Schwester, die sie unbewusst sendete. Aber er musste sie missverstanden haben. Trotzdem nahm David sich vor, noch mehr Abstand zu wahren. Er brauchte einen Plan, um nach Ablauf der Frist schnell wieder unter dem Radar abzutauchen. Bindungen, ob freundschaftlich oder mehr, kamen in seiner Zukunft nicht vor. Nie wieder würde er für das Leid anderer Menschen verantwortlich sein. Und er verbot sich zu fühlen, was auch immer es war.

KAPITEL 15

David

Finja hatte ihm gesagt, es gebe keine Verpflichtungen, trotzdem ging er nach dem zweiten Stundenblock gemeinsam mit den Zwillingen zur Kantine. Der Englischunterricht war einer der wenigen Abiturkurse, den sie gemeinsam im Stundenplan hatten. Nachdem die Buchbesprechung zu Shakespeares Werk abgeschlossen war, hatten sie heute eine alte Aufzeichnung eines Theaterstücks gesehen und David war ein paarmal eingenickt. Die Nachwirkungen des exzessiven Alkoholkonsums, gepaart mit der bleiernen Müdigkeit, die ihm seit Wochen in den Knochen hing, überwältigten ihn immer wieder. Bei Dunkelheit und monotonen englischen Dialogen, denen er kaum folgen konnte, war es ihm schwergefallen, die Augen offen zu halten. Auch Luke gähnte herzhaft, als sie den Raum verließen und Finja boxte ihn in die Seite.

„Hast du gerade ernsthaft geschlafen?", stichelte sie, aber Luke zuckte ungeniert mit den Schultern.

„Ist ja nicht so, als hätte ich etwas Spannendes verpasst, da ich ja das Buch gelesen habe."

Finja schnaubte.

„Die Zusammenfassung auf Wikipedia gilt nicht."

„Trotzdem kannte ich das Ende, also langweilig", beharrte Luke auf seinem Standpunkt.

David ertappte sich dabei, wie er schmunzelte. Mit einigem Abstand folgte er den Geschwistern und beobachtete ihr Geplänkel. Sie gingen in den Durchgang, der die beiden Hauptgebäude der Schule verband, und von da nahmen sie die Treppe in das Untergeschoss. Der Strom an Schülern lief zähflüssig und der Essensraum war schon gut besucht, als sie ankamen. David reihte sich hinter den Zwillingen an der Essensausgabe ein und ließ sich Nudeln mit undefinierbarer roter Soße und dunkelbraunen Krümeln geben. Sie suchten sich einen freien Tisch und aßen, bis ihr Schweigen von Verena unterbrochen wurde, die sich geräuschvoll neben Finja niederließ.

„Wie kannst du das nur essen?", warf sie Finja vor und zeigte angeekelt auf die Soße.

Sie selbst hatte einen üppigen bunt gemischten Salat auf ihrem Teller, der großzügig in Dressing ertränkt war. Finja lächelte nur und ließ den Kommentar an sich abprallen.

„Kommt ihr heute Abend zum Surfopening?", fragte Verena zwischen zwei vollgeladenen Gabeln und fixierte dabei David.

„Ja klar, soll ja mal ein sonniger Tag ohne Gewitter am Abend sein. Dann gibt es auch endlich ein Steak vom Grill", erklärte Luke voller Vorfreude.

„Wir essen doch gerade. Kannst du auch an irgendetwas anderes denken?", fragte Finja und sah mit einem Seitenblick zu David.

„Ich passe. Ich weiß nicht, wie lange meine Schicht geht", log David.

Seine Arbeit im Supermarkt war Punkt acht Uhr beendet, weil seine Stundenzeiten noch dem Jugendarbeitsschutzgesetz unterlagen. Er hätte gern länger und öfter gearbeitet. Als Ausrede würde es hoffentlich trotzdem funktionieren. Als er im ersten Unterrichtsblock in Deutsch gesessen hatte und Lukes Anwesenheit ihn an dessen Bitte erinnerte, hatte er sich geschworen, alle gemeinsamen Aktivitäten zu beenden. Gleich nach dem Unterricht würde er zur Jugendherberge gehen und nach einem freien Zimmer fragen. Jede Nacht, die er bei den Zwillingen verbrachte, sendete ein falsches Signal. Zur Not musste er einen Schlafplatz in einem Mehrbettzimmer annehmen, auch wenn er engen Kontakt mit Fremden nicht ausstehen konnte. Sie nahmen ihm die Luft zum Atmen. Er fühlte sich unwohl zwischen anderen Menschen, und vor allem im Schlaf wollte er keine Zeugen, wenn er von Albträumen heimgesucht wurde. Aber nur über einen Flur von Finja getrennt zu sein, war ebenfalls ein zu großes Risiko. Tief in Gedanken versunken, bekam er Verenas Frage nicht mit und Luke stieß ihn an und nickte über den Tisch.

„Ich dachte, dass du auch im Surfcenter arbeiten könntest, das ist doch bestimmt cooler als Regale aufzufüllen", wiederholte Verena missmutig, weil David ihr nicht die ungeteilte Aufmerksamkeit schenkte.

„Nein, ich glaube nicht, dass ich die Arbeit dort machen könnte", lehnte er höflich ab. Alle Arbeiten, die ihn zwangen, direkt mit Menschen zu kommunizieren, waren denkbar ungeeignet, und er glaubte auch nicht, einen Arbeitgeber über diese fehlenden Fähigkeiten hinwegtäuschen zu können. Verena zuckte unbeeindruckt mit den Achseln.

„Sven sucht immer nach einer helfenden Hand. Du bist doch sportlich, da wird sich schon etwas finden. Ist doch im Sommer auch nicer, am See draußen zu sein."

Verenas Blick glitt über seine gebräunten Arme zu seinem T-Shirt und verriet deutlich, dass sie sich vorstellte, wie seine Muskeln unter dem Stoff aussahen.

„Du hast Kräuter zwischen den Zähnen", sagte Luke trocken und durchbrach den intimen Moment.

Finja verkniff sich ein Lachen und trat ihren Bruder unter dem Tisch gegen das Schienbein, während Verena ihn böse anfunkelte. David registrierte alles nur am Rande und war überrascht, plötzlich allein mit Finja am Tisch zu sitzen. Irgendwie hatte er sich so weit abgekapselt, dass er alles vollständig ausgeblendet hatte.

„Verrätst du mir, was dich gerade beschäftigt?", fragte sie ihn leise. Ihre Stimme wurde fast vom Mensalärm verschluckt, trotzdem klang sie in Davids Ohren glasklar.

„Nichts. Ich versuche an nichts zu denken."

„Klappt es?"

Ihre Frage klang einfach und interessiert, dabei war es unmöglich, sie zu beantworten, und er schüttelte den Kopf.

„Wird dein Vater heute Abend da sein?", wechselte er das Thema.

„Nein, er hat die ganze Woche Nachtschicht. Am Sonntag tauscht er wieder zur Spätschicht, das heißt Sonntag ist er zum Frühstück da. Traditionell bringt er Brötchen mit und wir essen gemeinsam, bevor er sich schlafen legt." Finja schien seine Anspannung bemerkt zu haben und fügte schnell hinzu: „Du musst nicht teilnehmen, wenn du nicht möchtest, aber du kannst."

„Das wäre wohl eine unangenehme Überraschung, wenn ich dazustoße und er so erfährt, dass ich seit einigen Nächten in seinem Haus wohne“, bemerkte David zynisch und hoffte, dass er bis dahin eine Alternative gefunden haben würde.

„So ist er nicht. Er wird dich keinem unangenehmen Verhör unterziehen.“

David schnaubte. Selbst wenn er wollte, konnte er ihr nicht glauben. Ihr Vater war fürsorglich und aufmerksam. Er sorgte sich um das Wohl seiner Kinder, und wenn er ähnlich feine Antennen besaß wie Luke, würde er riechen, dass David nur Ärger bedeutete und ihn zurecht festnageln oder rausschmeißen. Das würde David allen Parteien ersparen. Ohne ein Wort des Abschieds stand er auf, stellte das Tablett mit dem Nudelteller, den er kaum angerührt hatte, in den Geschirrwagen und verschwand.

David schloss sein Fahrrad an und betrat mit schleppendem Schritt den Bahnhof. Das Café rechts vom Durchgang hatte bereits geschlossen und das Backsteingebäude lag verlassen. Kurz vor der Sommersonnenwende, dem längsten Tag des Jahres, war es trotz der anbrechenden Nacht noch hell. Die blaue Stunde hatte begonnen und die unter dem Horizont stehende Sonne tauchte alles in einen intensiven, mystischen Blauton. David schenkte dem Lichtspiel keine Beachtung und ging mechanisch zum Schließfach, in dem er gestern seine Sachen eingeschlossen hatte. Der Bungalow war als Unterkunft verbrannt und in der Schule hätten seine Schlafsachen zu viel Aufmerksamkeit erzeugt. Er zog die Sporttasche heraus, als sich Hände von hinten über seine Augen legten. Er versteifte sich augenblicklich. Finjas leicht fruchtiger Duft fehlte und eine solche geschmacklose Überraschung traute er ihr auch nicht zu.

„Rate, wer ich bin“, säuselte eine Stimme an seinem Ohr und David musste sich zusammenreißen, um Verena nicht grob von sich zu stoßen.

„Lass mich los!“, knurrte er, nur mit Mühe beherrscht.

„Spielverderber! Aber schön, dass du Feierabend hast, dann schaffst du es noch zur Party.“

„Ich bin müde. Ich gehe bestimmt nicht mehr irgendwo feiern“, wies David Verena ruppig zurecht.

„Und wo willst du hin? Campen?“, fragte Verena neugierig und warf einen Blick in das geöffnete Fach.

Aggressiv schlug David die Tür zu und versperrte ihr die Sicht. Sie hatte bereits mehr gesehen, als ihm lieb war.

„Lass mich in Ruhe!“, fuhr er sie an und schlug mit der Faust gegen die Wand. Er hatte kein aufbrausendes Temperament, aber Verena hatte ihn in einem denkbar ungünstigen Moment erwischt und wie sie um ihn tänzelte, brachte ihn an den Rand seiner Geduld. Die Empfangsdame in der Jugendherberge hatte ihm höflich eine Abfuhr erteilt, weil durch Tagungen, Seminare und Klassenfahrten bereits alle Betten belegt waren. Im Internet der Bibliothek hatte er nach einfachen Hotels gesucht, aber es gab kein Zimmer, das er sich leisten konnte, und überhaupt schienen schlichte, günstige Einzelzimmer rar gesät. Sein Gespartes reichte knapp für lächerliche drei Nächte und dann würde er sich nicht einmal mehr das Essen in der Mensa leisten können. Im Supermarkt hatte er beim Aufreißen der Palettenpakete nur mäßig seinen Frust abbauen können, deswegen fühlte er sich wie ein Wasserkocher kurz vor dem Überschäumen. Verena trug nicht zur Entspannung der Lage bei. Sie bewies kein Gespür für seine Stimmung und provozierte ihn weiter mit ihrer Anwesenheit.

„Was willst du?"

David drehte sich ganz zu ihr um.

„Einen Kuss", sagte sie frei heraus und kräuselte ihre Nase.

Davids Augen weiteten sich. Er spürte wieder die Nebelschwaden aufsteigen, die sich vorschoben und seinen Blick verschleierten. Seine Sporttasche fiel dumpf auf den Boden.

„Und warum sollte ich das tun?"

„Du brauchst doch einen Ort zum Schlafen. Ich könnte dir einen anbieten. Du hast in der Herberge kein Glück gehabt und scheinst schon gepackt zu haben", erklärte sie ungeniert.

David machte einen Schritt auf sie zu, packte sie bestimmt, aber nicht zu fest, an den Armen und näherte sich ihrem Gesicht.

„Du bietest einen Schlafplatz für Sex?", fragte er ungläubig und Verena hob als Antwort kokett die Augenbrauen.

Fassungslos über ihr dreistes Angebot erschauderte er. Er beugte sich an ihr Ohr und flüsterte zornig: „Nein!"

Er ließ sie los. Es kostete ihn viel Überwindung, sie nicht angewidert von sich zu stoßen. Was sagte es über seine Lage aus, so ein Angebot zu bekommen. Er wandte sich von ihr ab und fasste zitternd vor Wut die Tür des Schließfaches. Er wollte sie verriegeln, aber der Mechanismus verweigerte sich. Nach mehreren fehlgeschlagenen Versuchen gab er auf und lehnte sich mit der Stirn gegen die Wand. Verena stand immer noch wie angewurzelt hinter ihm im Gang, aber sie stichelte nicht weiter und er blendete ihre Anwesenheit aus. Er war in sich gefangen. Aus einem Reflex heraus öffnete er die

Metalltür wieder und fixierte die Scherbe, die zwischen den Polyesterrollen seiner Schlafstätte lag. Eine dunkle Kruste zierte ihre Ränder. Das getrocknete Blut erinnerte ihn daran, wie erlösend die Schnitte gewesen waren. Wie gut es sich angefühlt hatte. Alles um ihn herum verschwamm und ein statisches Rauschen in den Ohren kapselte ihn vollkommen von seiner Umgebung ab. Das Zittern hörte schließlich auf und mit seinem Entschluss breitete sich Ruhe in ihm aus.

Er griff das Glas und ahnte unbewusst, dass ihm diesmal nur ein Schnitt blieb. In einer fließenden Bewegung setzte er am Oberarm an und ließ die Schneide tief bis zum Gelenk herunterfahren. Die Dämmerung und der unbeleuchtete Gang erschwerten Verena die Sicht. Als sie erkannte, was geschehen war, und die dunkle Flüssigkeit schon über seinen Arm lief, stieß sie einen spitzen Schrei aus. Sie taumelte rückwärts und stammelte vor sich hin: „Scherz! Es war nur ein Scherz."

Langsam drangen die Worte in sein Bewusstsein, als sich der Druck in seinem Innern löste und er wieder Luft bekam. Als wäre nichts vorgefallen, legte er sein scharfkantiges Fluchtwerkzeug zurück ins Fach. Diesmal rastete der Schließmechanismus beim ersten Versuch ein. Sein linker Arm hing schlaff herunter. Blut tropfte in einem stetigen Fluss auf den Boden und er spürte, wie er Stück für Stück zu sich zurückfand.

„Ziemlich unmoralischer Scherz", kommentierte er matt ihr Gestammel und wollte endlich zum Ausgang taumeln, als er in ein vertrautes Gesicht blickte.

„Scheiße!", stieß Luke hervor und wurde blass.

Er stellte sich David in den Weg und stoppte seine Flucht mit einem festen Griff ums Handgelenk. Er erwischte den linken Arm und griff in etwas Feuchtes und Warmes.

„Was ist hier los?“, fragte Luke mit unsicherer Stimme.

„Er … er hat sich verletzt“, stotterte Verena. „Ich … ich wollte ihn nur aufziehen und dann hat er sich … filetiert.“

Sie holte stoßweise Luft und Luke fixierte David mit vorwurfsvollem Blick.

„Ich habe sie nicht angerührt“, beantwortete David leise Lukes unausgesprochene Frage.

Verena schien zu begreifen, wie die Szene auf Luke wirken musste und bekräftigte eilig Davids Unschuld.

„Ich habe ihn überrascht und blöd angemacht. Ich wollte wirklich nicht, dass es eskaliert. Ich habe das doch nicht ernst gemeint. Ich bin nicht verletzt, nur er. Er braucht einen Krankenwagen“, flüsterte sie und machte einen zögernden Schritt auf David zu.

„Nein, mir geht’s gut.“

David lachte hohl. Verzweiflung über die neuen Mitwisser seiner hoffnungslosen Lage flackerte kurz auf. Er stürmte an Luke vorbei und verschwand.

KAPITEL 16

Finja

Finja stand am Küchenfenster und beobachtete die im Dunkeln liegende Straße, eigentlich nur ein unbefestigter Sandweg mit tiefen, ausgewaschenen Löchern. Das Fenster war gekippt und sie versuchte, ihren eigenen Atem zu beruhigen und sich auf die Geräusche der Nacht zu konzentrieren. Ihre Finger umklammerten das Fensterbrett und ein stetiger Tränenfluss fraß sich über ihre Wangen. Die Beklemmung saß so tief, dass sie keinen Laut hervorbrachte.

Luke hatte sie angerufen. Obwohl er nichts erklären konnte, weil ihm der Hintergrund fehlte, hatte sie die Situation schnell begriffen. Nicht den Auslöser, aber wozu die Situation David getrieben hatte. Erneut. Kalte Furcht war augenblicklich in sie gekrochen und hielt sie seitdem in Atem. Ihr erster Impuls war, in den Wald zu fahren und ihn zu suchen. Aber er konnte überall sein und wenn er nicht gefunden werden wollte, würde sie keine Chance haben. Er würde nicht noch einmal Zuflucht am See suchen, weil er bestimmt erkannt hatte, dass dieser versteckte Waldflecken, den er sein Zuhause nannte, aufgeflogen war. Würde er untertauchen wollen, dann richtig. Und endgültig? Finja schüttelte sich und zwang ihre Gedanken in eine andere Richtung. Sie hatte Luke gebeten, bei Verena zu bleiben, bis sie sich wieder gefangen hatte. Unter anderen Umständen hätte sie ihrer Freundin angeboten zu ihr zu kommen, aber sie wollte sie nicht im Haus haben, falls David auftauchte. Wenn, korrigierte sie sich in Gedanken. Sein Wohl war ihr jetzt wichtiger. Verena hatte Luke, und sie vertraute darauf, dass er die richtigen Worte fand.

Pure Erleichterung durchflutete sie, als sie eine Gestalt sah, die langsam mit einem Arm ein Fahrrad schob. Sie rannte David entgegen und zog ihn in eine enge Umarmung. Er versteifte sich, aber sie nahm nicht sofort Rücksicht auf seine körperliche Ablehnung und entließ ihn verzögert aus der Umklammerung.

„Es tut mir leid“, murmelte er in ihr Haar, das offen über ihre Schultern fiel.

Empört sah sie ihn an.

„Was, sag mir bitte, was dir leidtut“, fuhr sie ihn an.

„Dass du dir Sorgen gemacht hast“, erklärte er und sie löste sich ganz von ihm.

„Bist du deswegen hergekommen?“, fragte sie geradeheraus und David nickte.

„Es tut dir leid, dass ich mir Sorgen gemacht habe, aber nicht was du getan hast?“

„Ja.“ David senkte den Kopf, setzte einen Fuß vor den anderen und schob das Fahrrad weiter.

Finja blieb wie getroffen stehen. Nicht fähig, klar zu denken, brachte sie nur ein Wort hervor: „Warum?“

„Ich kann dir keine Erklärung geben“, antwortete er erstaunlich offen. „Ich fühlte mich … in die Ecke gedrängt.“ Er sah sie nicht an und bat leise: „Sorg dich nicht um mich. Ich komm schon irgendwie klar.“

Erschrocken packte Finja seinen Arm. Entschlossen, ihn nicht ziehen zu lassen, denn er wollte nicht auf den Hof abbiegen.

„Du gehst nicht. Du bleibst hier!“

„Ich glaube nicht, dass ich hier sein sollte, wenn Luke nach Hause kommt“, antwortete David matt und versuchte ein schwaches Lächeln.

„Was?“

„Ich wollte nur, dass du weißt, dass es mir gut geht, damit du beruhigt bist“, erklärte David sachlich.

„Dir geht es aber nicht gut“, beharrte Finja auf dem Offensichtlichen. „Du brauchst Hilfe.“

„Ich brauche Ruhe. Keine Menschen um mich“, bat David heiser. Ein Flehen lag in seiner Stimme, das Finja innerlich zerriss.

„Komm in den Garten. Bitte, nur in den Garten!“

Trotz des schwachen Lichts sah Finja den Sturm der widersprüchlichen Gefühle in seinem Gesicht. Geduldig wartete sie reglos, bis er sich ergab und das Fahrrad unter den Carport schob. Finja ließ ihn allein und ging ins Haus. Sie vertraute darauf, dass er nicht in die Nacht verschwand. Immerhin war er ihretwegen gekommen. Ihretwegen geblieben. Warum sollte er Kooperation vortäuschen und dann doch weglaufen. Er spielte nicht, jedenfalls nicht mit ihr, dessen war sie sich sicher. Eilig sammelte sie zusammen, was sie brauchte. Den Erste-Hilfe-Kasten aus dem Bad, die große Picknickdecke und die Schlafsäcke, die Luke erst gestern mit zum See gebracht hatte und die noch nicht wieder verstaut waren. Sie trug alles zur Terrassentür und verharrte einen Moment. David stand verloren zwischen den Blumenbeeten und hatte ihr den Rücken zugewandt. Trotz seiner Körpergröße sah er gebrochen aus und hatte Ähnlichkeit mit dem knorrigen Apfelbaum, neben dem er stand. Die letzten Jahre hatte er kaum Früchte getragen, aber dieses Jahr hatte er in voller Blüte gestanden und Finja hoffte, dass es auch für David eine Zeit geben würde, in der er seine Sorgen hinter sich lassen und wieder aufblühen würde. Oder wenigstens gelernt haben würde, mit seinen Dämonen zu leben. Leise öffnete sie die Schiebetür, aber David zuckte trotzdem zusammen. Nur eine minimale Reaktion, aber Finja war so auf ihn fokussiert, dass sie sie registrierte. Die Decke unter den Arm geklemmt, ging sie an ihm vorbei auf die große Rasenfläche, auf der Luke und sie als Kind herumgetollt waren und ihr Bruder sie genötigt hatte, Fußball zu spielen. In einiger Entfernung zum Haus breitete sie die Decke aus. Die Beschichtung würde die Kälte, die aus der Erde kroch, dämmen und vor der aufziehenden Feuchtigkeit schützen. David folgte ihrer stummen Aufforderung und ließ sich schwer zu Boden sinken, während Finja die restlichen Utensilien holte. Bevor sie sich dazusetzte, holte sie noch eine Packung Salzcracker aus der Küche. Sie verkniff sich die Frage, ob er schon gegessen hatte, denn sie glaubte die Antwort zu kennen. Die Abenddämmerung war mittlerweile der nur von den Himmelsgestirnen beschienenen Dunkelheit gewichen und Finja zündete einige Citronella-Kerzen in Gläsern an. Der Duft des Zitrusöls würde die Mücken vertreiben und ihr Licht spenden, um seine Wunden zu versorgen. Mit dem Desinfektionsmittel in der Hand fühlte sie sich in der Zeit zurückversetzt. Sie konnte nicht glauben, dass erst zwei Tage vergangen waren. Zwei Tage, die ihr Leben auf den Kopf gestellt hatten, und trotz aller Grübeleien hatte sie keine Lösung gefunden, um David zu helfen. Stattdessen saßen sie wieder beieinander und sein Arm machte einen schlimmeren Eindruck als beim letzten Mal. Nachdem sie das verkrustete Blut abgewischt hatte, kam eine wütende Linie zum Vorschein, die die früheren Schnitte durchteilte. Als hätte jemand versucht, ein Tic-Tac-Toe-Spiel zu ritzen und die Anordnung der Linien durcheinandergebracht. Augenblicklich hatte Finja Bilder vor Augen, wie David mit einer blutigen Scherbe das Kunstwerk vollendete, und ihre Finger zitterten. David umschloss sanft ihre Hand und legte sie ihr in den Schoß.

„Ist okay, du brauchst dich nicht weiter zu kümmern."

Ihre Blicke begegneten sich und Finja benetzte ihre Oberlippe mit der Zunge, um ihre Nervosität zu überspielen. Es gelang ihr nicht.

„Ist es hier draußen besser?"

„Ja. Euer Haus …" Er stockte. „Es ist perfekt und ich komme mir falsch darin vor. Ich passe da nicht rein."

„Und in dem Bungalow fühlst du dich wohl?"

„Ich fühle mich nicht verkehrt. Er ist in dem gleichen Zustand wie ich."

„Du kannst nicht dahin zurück."

„Nein", gab David zu und die Sehnsucht, die er nicht vollständig verbergen konnte, erschreckte Finja. „Aber es gibt auch keine Alternative."

Um die Stille zu füllen, öffnete sie die Crackerpackung, aber David aß nichts.

„Ich zieh am Wochenende in die Jugendherberge. Zurzeit ist alles belegt, aber morgen reisen einige ab."

„Hat dir Verena das angeboten?", fragte Finja und verbarg ihre Enttäuschung nicht.

„Nein", antwortete David. „Ich war heute Nachmittag da und habe mich erkundigt. Verena ist mir zufällig am Bahnhof begegnet, als ich meine Sachen aus dem Schließfach holen wollte. Was hat sie mit der Herberge zu tun?"

„Ihre Mutter arbeitet an der Rezeption", erklärte Finja kurz angebunden.

„Ah, deswegen wusste sie von meiner Suche."

„Hat sie dir eine Alternative angeboten?", fragte Finja vorsichtig. Luke hatte nicht zusammenhängend erzählt, sondern sie nur gewarnt, dass David schlimm aussehe.

„Kann man so sagen. Sie hat ihm einen Schlafplatz für ein Schäferstündchen angeboten."

Luke kam über die Wiese zu ihnen. Sein forscher Schritt und seine angespannte Körperhaltung signalisierten schäumenden Ärger gepaart mit Frustration. Sie spürte fast körperlich, wie sich David straffte.

„Hat sie das wirklich gemacht?", fragte Finja fassungslos und David bestätigte es mit einem Nicken.

„Es sollte sicher nur ein Scherz sein, aber es hat mich aus der Bahn geworfen", erklärte er ruhig mit gesenktem Blick und nahm alle Schuld auf sich.

Er rückte von ihr weg, aber die Geste schien Luke noch mehr aufzuregen.

„Habt ihr so etwas Ähnliches am Laufen? Gibt es was, was ich wissen sollte?"

„Luke!", ermahnte Finja ihren Bruder scharf.

„Sei auf mich sauer, aber nicht auf deine Schwester", warf David dazwischen.

„Ihr beide verheimlicht etwas", stellte Luke klar und zeigte auf Davids Oberarm. Der kurze Ärmel des Shirts war hochgeschlagen und ließ keinen Zweifel an Davids Tat aufkommen. „Oder ist es normal, dass du an dir herumschnitzt wie Peppino an Pinocchio?"

„Luke, hör auf!", schrie Finja erbost.

„Schon gut, er hat ja recht", beschwichtigte David sie.

Er rutschte noch weiter von Finja weg und seine Haltung veränderte sich ein wenig. Anspannung und Schmerz mischten sich in seine Gesichtszüge.

„Vor 635 Tagen habe ich den Tod meiner Stiefschwester verursacht. 582 Tage hat mein Stiefvater mich mehr oder weniger ertragen, bis er mich vor die Tür setzte. Finja hat mich vorgestern im Wald überrascht und will nur helfen."

Davids Direktheit kam unerwartet und verschlug den Zwillingen gleichermaßen die Sprache.

„Scheiße", murmelte Luke.

Sein Ärger verrauchte augenblicklich und er ließ sich auf die Picknickdecke sinken. Ein erdrückendes Schweigen lag zwischen ihnen und keiner wusste die Stille sinnvoll zu füllen.

„Ich werde morgen gehen. Ich melde mich von der Schule ab, es war sowieso utopisch zu denken, ich würde den Abschluss schaffen. Tut mir leid, wegen dem Chaos, das ich verursacht habe."

„Nein", flüsterte Finja flehend. Schwankend kam sie auf die Beine und stolperte über die Terrasse ins Haus. Sie brach in Tränen aus, noch bevor sie die Schwelle übertreten hatte, und klammerte sich nach Halt suchend am Türrahmen fest. Die Unfähigkeit zu helfen zerriss sie. Alles was sie sagen konnte, klang schon in ihrem Kopf nach abgenutzten Phrasen. Nichts davon war es wert, ausgesprochen zu werden, und nichts würde David erreichen und umstimmen können. Sie spürte wie Luke sich näherte, erkannte seine markante Aura und das vertraute Gefühl, wenn ihr Zwillingsbruder in der Nähe war. Er nahm sie schweigend in den Arm und wiegte sie sacht, bis sie aufhörte zu zittern. Bis ihr Schluchzen verebbte und ihr Atem sich beruhigte.

„Es tut weh. Aber anders als bei Mama ist er noch nicht weg. Er ist krank, aber es kann behandelt werden, wenn er sich helfen lässt. Gib nicht auf", flüsterte Luke in ihr Haar und ein verzweifelter, gurgelnder Laut kam aus ihrer Kehle.

„Gib nicht auf! Gib ihn noch nicht auf", ermunterte Luke sie, zog sie in eine innige Umarmung und ließ dann von ihr ab. Er entlockte ihr ein zaghaftes Lächeln und zog sich zurück.

Finja trat ans Fenster und schaute in die sternenklare Nacht. Der Garten lag dunkel. Schwach war Davids Silhouette im flackernden Kerzenschein zu sehen. Er saß auf der Decke, die Schultern hängend und den Kopf auf die Brust gesenkt. Einsam und verlassen, schoss es ihr durch den Kopf. Wann hatte ihn zum letzten Mal jemand berührt, um ihm Trost zu spenden? War eine depressive Mutter dazu fähig oder zu sehr in ihrer eigenen Welt gefangen? Seinen Stiefvater schloss sie aus, nachdem er ihn von sich gestoßen und sich selbst überlassen hatte. Die Beziehung zu seiner Stiefschwester musste sein Anker gewesen sein und ihr Verlust hatte ihm den Boden weggezogen. Er hatte sich zur Einsamkeit verdammt, um seine Selbstvorwürfe zu nähren. Wie konnten sich keine Schuldgefühle entwickeln, wenn ihn niemand vom Gegenteil überzeugte? Wäre sie stark genug ihm zu helfen? Sie fühlte sich der Aufgabe, Alex zu ersetzen, nicht gewachsen. Die Ähnlichkeit, die David in ihr sah, weckte Erwartungen, denen sie sich ohnmächtig gegenübersah. Aber sie empfand viel für ihn. Es hatte schleichend begonnen, aber sie konnte nicht leugnen, dass ihre Gefühle nicht bloß auf Hilfsbereitschaft beruhten. Sie sehnte sich nach mehr und hatte gleichzeitig Angst, wieder von einem geliebten Menschen verlassen zu werden. Wieder jemanden zu verlieren, der einen Platz in ihrem Herzen hatte. Luke hatte es erkannt und ihr die richtigen Worte zugeflüstert. Hatte sie daran erinnert, dass es noch nicht zu spät war und dass es sich lohnte zu kämpfen. Seufzend riss sie sich von Davids Anblick los, griff im Flur seinen Hoodie und zog sich selbst eine Fleecejacke über.

David schaute nicht auf, als Finja zurückkehrte. Wortlos hielt sie ihm seinen Pullover hin. Lächelnd nahm er ihn entgegen und zog ihn an. Er zupfte an den Ärmeln und es kam ihr vor, als wäre er froh, die Zeugnisse seiner Selbstverletzung verbergen zu können.

„Willst du die Nacht draußen verbringen?“

„Ich kann hier besser atmen. Wenn ich nachts hochschrecke, habe ich das Gefühl, an der abgestandenen Luft zu ersticken. Ich spüre die Hitze der Flammen und rieche den Rauch“, erklärte David leise, als spräche er zu sich selbst. „Die Kälte hilft mir, leichter zurückzufinden.“

„Hast du jede Nacht Albträume?“

„Mal mehr, mal weniger.“

„Wie hast du es 635 Tage ausgehalten?“

Finja war die Zahl im Gedächtnis geblieben. Sie hatte ausgerechnet, wie lange er bereits obdachlos war und sich allein durchkämpfte. Wie konnte es sein, dass es nicht aufgefallen war? Wie hatte David sein anderes Ich verbergen können?

„Meist schlecht“, antwortete David und lachte trocken. „Ich habe mich auf meine Mutter konzentriert, und als sie immer mehr verschwand, habe ich mich an Alex’ Traum geklammert. An mein Versprechen. Ich dachte, so könnte ich etwas von ihr weiterleben lassen.“

„Und was hat sich jetzt geändert? Du hast im Wald vollkommen auf dich allein gestellt überlebt. Fast zwei Monate."

Finja versuchte zu begreifen, was die Veränderung ausgelöst haben könnte. Nie war ihr in den Wochen zuvor etwas an seinen Armen aufgefallen. Sie waren frei von Narben und Verletzungen gewesen. Er schien erst frisch begonnen zu haben, sich selbst zu verletzen, und die Anfänge waren nicht zaghaft, sondern strotzten vor zerstörerischer Wut und Selbsthass.

„Ich bin müde. Ich dachte, wenn ich endlich eigenständig unterschreiben kann und frei von irgendwelchen Einwilligungen bin, könnte ich es schaffen. Ich weiß, dass mich kein Vermieter nimmt, weil ich keine Sicherheiten bieten kann, aber ich dachte, im Sozialstaat hätte ich jetzt irgendwelche Rechte. Wohngeld. Irgendwas. Aber anscheinend bin ich noch kein eigenständiger Mensch, sondern weiterhin ein Mündel nicht vorhandener Erziehungsberechtigter."

„Aber es muss doch Hilfsangebote geben."

„Ja klar, es gibt überfüllte Sozialeinrichtungen für Ausreißer und Verstoßene, aber da würde ich keine Nacht Ruhe finden. Ich könnte Unterhalt und Kindergeld einklagen, aber ich werde keinen Anwalt auf meine Mutter hetzen."

„Was ist mit deinem Stiefvater?", fragte Finja.

Sie hatte schon mehr erfahren, als sie erwartet hatte, und wollte sich vorsichtig weiter vorantasten. Wollte nutzen, dass er sich sicher genug fühlte, um mit ihr zu reden.

„Ich war dämlich und verzweifelt genug, um zu betteln. Du hast gesehen, wie es ausgegangen ist."

„Das war nicht dämlich, du hast Hilfe verdient."

David schnaubte verächtlich und Finja lief ein Schauer über den Rücken. Sie fröstelte, allerdings kam die Kälte von innen.

„Du hast es über Wochen geschafft nur auf dich allein gestellt zu überleben. Du hast dein Leben aufrechterhalten. Deine Mutter vor Beamten geschützt. Du bist viel stärker, als du dir zugestehst", sagte Finja bestimmt. Wut stieg in ihr auf, dass er diese Kraft ignorierte. Unverständnis über diese sinnlose Verschwendung. „Kämpfe verdammt nochmal für dich! Für das, was dir zusteht."

Verständnislos sah David sie an, und dieser Blick machte sie noch zorniger.

„Mir steht aber nichts zu. Wenn ich Alex' Träume nicht für sie leben kann, habe ich kein Recht, hier zu sein", antwortete David ruhig.

Finja sank sprachlos zurück und schnappte nach Luft. So deutlich hatte er seinen Todeswunsch noch nie ausgesprochen.

„Du solltest reingehen. Geh ins Haus schlafen", bat er eindringlich in die minutenlange Stille und machte klar, dass ihr Gespräch beendet war. „Ich werde morgen noch da sein. Immerhin gibt es Kaffee. Luke wird mir wohl kein Frühstück machen."

Sein Scherz war kläglich, aber Finja honorierte den Versuch mit einem leichten Lächeln.

„Komm bitte mit."

„Zwing mich nicht. Lass mich hierbleiben."

Finja wollte zu einer Antwort ansetzen, aber das Flehen in seiner Stimme hielt sie zurück. Sie musste darauf vertrauen, dass er morgen noch da war.

„Ich lass die Tür auf. Du bist jederzeit willkommen.

Wackelig kam sie auf die Beine und floh ins Haus, ohne sich noch einmal umzudrehen.

Mit einem leisen Klick schloss Finja die Terrassentür hinter sich und kontrollierte mehrfach, dass der Türgriff nicht verriegelt war. Sie zwang sich, nicht zu David zu sehen. Allein die Erinnerung an sein gebrochenes Ich schnürte ihr die Luft zum Atmen ab. Unvorstellbar kraftlos schlich sie die Treppe hinauf und verkroch sich in ihr Zimmer. Ohne sich auszuziehen, kauerte sie sich auf dem Bett zusammen. Ihre Finger krallten sich fest in die Bettdecke und Schluchzer schüttelten ihren Körper. Sie verlor jegliches Zeitgefühl. Die Gedanken kreisten unkontrolliert, schrien laut durcheinander. Und trotzdem übertönte die Leere der Hilflosigkeit alles.

Es klopfte an der Wand auf Höhe ihres Kopfendes. Dreimal schnell aufeinanderfolgend, dann dreimal langsam und mit längeren Pausen und zum Abschluss wieder dreimal schnell. SOS. Der Hilferuf aus dem Morsealphabet. Luke bat sie um die Erlaubnis, sie zu trösten. Ihre Zimmer waren nur durch eine Wand getrennt und die Betten standen quasi nebeneinander. Bereits in Kindertagen hatten sie auf diese Weise kommuniziert, um sich gegenseitig zu unterstützen. Aber sie konnte jetzt nicht mit Luke reden. Schwach klopfte sie eine Antwort. Dreimal langsam und nach einer Pause langsam, schnell, langsam. Okay. Eine offensichtliche Lüge. Lukes Unterstützung tat gut, aber sie wollte allein sein. Wollte sich ganz auf eine Lösung konzentrieren. Sie hatte das Gefühl, die Zeit liefe ihr davon. Zu oft hatte sie David zum Bleiben überredet, aber es würde keinen weiteren Aufschub geben. Verzweifelt griff sie ihr Smartphone und schrieb eine Nachricht. Immer wieder löschte sie den Text, suchte nach einer neuen Formulierung, bis sie letztlich auf den Knopf zum Senden tippte.

KAPITEL 17

David

David erwachte nach Sonnenaufgang. Kein schlechter Schnitt dafür, dass er so aufgewühlt war. Das ständige Reden strengte ihn an. Er hatte in den letzten drei Tagen mehr gesprochen als in der gesamten Zeit seit dem tragischen Feuer. Nach dem Unfall hatte er sich in jeder erdenklichen Weise isoliert und niemanden mehr an sich herangelassen. Und er würde und durfte damit jetzt nicht brechen. Nachdem er gestern sein Handy geschont hatte, blieben ihm noch ein paar Prozente Akkuleistung, um Musik zu hören. Er zog die Kopfhörer aus dem vorderen Fach des Rucksacks und setzte sich die großen Ohrmuscheln auf. Langsam ließ er sich wieder auf die Decke sinken und glitt mit den Armen in den Schlafsack. Die Morgenluft war klar und kalt und ein leichter Wind biss ihm in die Wangen. Es war ein vertrautes Gefühl und es hielt ihn davon ab, in seinen Feuertraum abzudriften.

Der Akku erstarb beim letzten Refrain von „Numb". „Become so tired" hatte ihm Chester Bennington zum Abschied mitgegeben und David stimmte ihm uneingeschränkt zu. Sein Versprechen gegenüber Finja hielt ihn davon ab zu fliehen, aber gedanklich radelte er schon tiefer in die brandenburgischen Wälder Richtung Osten. Vielleicht würde er in der Uckermark einen geeigneten Platz finden, vielleicht würde er sich aber auch über die Oder nach Polen absetzen. Er würde so lange fahren, bis er einen verlassenen Ort fernab von allen Spaziergängern gefunden hätte. Einen vergessenen Ort wie den, den er aufgegeben hatte. Was ihn identifizieren konnte, würde er vorher verbrennen, zerstören oder entsorgen. Er sah keinen Sinn darin, dass irgendwer Torsten die Nachricht überbrachte. Er würde ein nicht identifizierbares Porträt auf einer Internetseite der Landespolizei sein und irgendwann im digitalen Nirvana verschwinden. Bei dem Gedanken breitete sich eine vollständige Ruhe in ihm aus und kein Funke Bedauern. Er würde endlich aufhören können, es irgendjemandem recht machen zu müssen. David setzte sich auf und sah zum Haus. Zum Garten und See hin öffneten sich auf beiden Etagen große Fensterfronten, in dunklem Grau gefasst. Zwei der oberen Fenster waren geöffnet und auch im Erdgeschoss war Bewegung. Da er das Unausweichliche nicht länger hinauszögern konnte, schälte er sich aus der warmen Umarmung des Schlafsacks und schlüpfte in die Sneakers. Er schulterte seine Taschen, breitete die Schlafsachen über den Terrassenmöbeln zum Trocknen aus und betrat die Küche. Die Schiebetür war einladend weit geöffnet und Luke hackte mit schnellen, gleichmäßigen Bewegungen Walnüsse. Mit der Schneide schob er die Stückchen vom Brett in drei bereitstehende Müslischüsseln. Er schaute auf. Sein Blick glitt von David auf die Klinge in seiner Hand und er wischte sie sauber, trocknete sie ab und ließ sie in den Messerblock gleiten.

„Du musst nicht alle scharfen Gegenstände vor mir in Sicherheit bringen", begrüßte David ihn und merkte, wie unangenehm Luke der Reflex war.

David lächelte traurig. Es tat ihm leid, dass er selbst Lukes unbeschwertes Gemüt erschüttert hatte. Ein Grund mehr, schnell zu verschwinden, damit alle zur Normalität zurückkehren konnten.

„Sorry", murmelte Luke mit zerknittertem Lächeln, das seine Sorge nur schwer verbarg.

David flüchtete ins Bad. Eilig duschte er und putzte die Zähne. Er vermied den Blick in den Spiegel und verharrte, als er die Zahnbürste zurücklegen wollte. Sie war ein Fremdkörper neben den elektrischen Zahnbürsten der Zwillinge und ruckartig warf er sie in den Mülleimer. Seine Spuren mussten sauber getilgt werden. Wenn er nach dem Frühstück das Haus verließ, sollte nichts sichtbar an ihn erinnern. Er ignorierte das Stechen in seiner Brust und schlich die Treppe hinunter. Finja stand mit dem Rücken zu ihm und es war, als zitterte ihre Hand an dem gläsernen Kaffeebereiter, während sie das kochende Wasser eingoss.

„Morgen."

David erschrak über seinen rauen Flüsterton und räusperte sich. Zaghaft begegnete Finja seinem Blick, nickte lächelnd zur Begrüßung und trug die Kaffeekanne schweigend zum Tisch. Luke deckte Besteck auf und ließ sich gegenüber seiner Schwester nieder. Zögernd setzte David sich auf den freien Platz an der Stirnseite und inspizierte neugierig den Inhalt der Schüssel.

„Sorry, hab vergessen zu fragen, ob du irgendetwas nicht magst oder verträgst."

„Kein Problem", winkte David ab und goss Milch über die Zusammenstellung an Körnern und Früchten.

„Ich hoffe, er ist nicht zu bitter geworden“, kommentierte Finja, als sie Kaffee einschenkte.

Niemand sprach. Ein bedrücktes Schweigen hielt sich hartnäckig über dem Frühstückstisch.

„Steht dein Plan noch?“, fragte Finja schließlich in die Stille.

David nickte.

„Ja, ich geh mit zur Schule und werde mich abmelden.“

„Und deine Jobs?“

„Ich hatte gestern den letzten Tag in der Bib. Meine Kündigung liegt schon vor. Im Supermarkt ist nach der morgigen Schicht Schluss.“

„War wohl gestern keine spontane Entscheidung?“, schlussfolgerte Luke erbost und maß David mit einem kritischen Blick.

Finja versenkte ihre Aufmerksamkeit im Müsli, in dem sie lustlos herumstocherte.

„Nachdem die Jugendherberge ausgebucht war, beschloss ich zu handeln“, gab David zu.

„Und was willst du tun? Wo gehst du hin?“, mischte sich Finja ein. Sie sprach leise, aber nachdrücklich.

„In die Stadt. Da gibt es mehr Angebote als hier. Vielleicht finde ich einen Job, der mich über Wasser hält“, log David, den Blick stur auf die in Milch schwimmenden Nüsse gerichtet.

„Du könntest trotzdem hier schlafen“, bot Luke an.

„Nein, ich denke, das wäre keine gute Idee.“

„Wieso, weil Paps morgen seine letzte Nachtschicht hat?“, fragte Finja geradeheraus und ließ den Löffel geräuschvoll in die fast leere Schale fallen.

„Du hast nie vorgehabt, bis zum Schuljahresende zu bleiben.“

David schaute auf. Das Verhör strengte ihn an, aber er klammerte sich an den Gedanken, es bald überstanden zu haben.

„Ich hatte nicht mal unter Alkoholeinfluss vorgehabt mit euch zu kommen, und das weißt du“, erinnerte er Finja. „Ich weiß eure Hilfe zu schätzen, aber ich finde schon irgendeinen Weg.“

„Einen Weg, der dich in die nächste abbruchreife Baracke führt?“, fragte Luke spitz.

Auch Finja stand die Frage ins Gesicht geschrieben und sie musterte ihn geradeheraus. David ließ die Frage unbeantwortet. Schweigend aßen sie auf. Das durchweichte Getreide fühlte sich an wie Pappe und lag ihm schwer im Magen. Der bittere, starke Kaffee half nur bedingt.

„Gib mir den heutigen Tag, dich umzustimmen“, flehte Finja. Ihre Hände krampften sich um die Porzellantasse. Ihr Betteln ließ David innerlich erstarren. „Wir gehen gemeinsam zur Schule. Du meldest dich ab und ich melde mich krank. Gib mir nur die paar Stunden bis zu deiner Schicht!“

KAPITEL 18

David

„Vergiss es, Finja! Ich habe dir Zeit gegeben, aber ich unterstütze diese Schwachsinnsidee nicht."

Stur verharrte David und weigerte sich, Finja zu folgen.

In der Schule lief es besser als gedacht. Handschriftlich hatte David einen formlosen Brief verfasst, in dem er ohne Begründung den heutigen Tag zu seinem letzten Schultag erklärte. Die bebrillte Assistentin der Schulleitung hatte das Schriftstück entgegengenommen und ihm nach einem flüchtigen Blick auf die Betreffzeile einen schönen Tag gewünscht. Der Brief war in eine Ablage gewandert und damit endete auch die Zeit für ihre Anteilnahme.

Finja hatte Wort gehalten sich nicht einzumischen, hatte sich selbst krankgemeldet und vor dem Schulgelände auf ihn gewartet. Ohne eine Erklärung hatte sie sich aufs Rad geschwungen und darauf vertraut, dass er ihr folgen würde. Sie fuhren nach Osten in Richtung eines der großen beliebten Badeseen nördlich von Berlin. Bald hatten sie die Häuser hinter sich gelassen, und schweigend konzentrierte sich jeder für sich auf die weichen Sandwege, die durch den Wald führten. Am Seeufer änderte Finja die Richtung nach Süden. Als sie die Bundesstraße überquerte, streikte er. Seine Ahnung von ihrem Ziel wurde bestätigt, aber diese Grenze würde er nicht überschreiten. Er würde keine Wunden aufreißen. Er würde gehen, ohne sich zu verabschieden.

„Dein Stiefvater wird nicht da sein. Er besucht sie frühestens am Nachmittag", argumentierte Finja.

„Das ist nicht der Grund. Sie hat ihren Weg gewählt und ich will keine schlechten Erinnerungen wecken."

„Vielleicht freut sie sich, dich zu sehen? Vielleicht vermisst sie dich auch?"

David presste seine Kieferknochen fest aufeinander und schüttelte den Kopf. Sehnsucht flammte heiß in ihm auf, aber er kämpfte sie nieder.

„Sie ist um diese Zeit draußen im Park. Du musst nicht in die Klinik. Du musst keinem Personal begegnen. Ich will dich nicht in eine Falle locken. Setz dich kurz zu ihr oder beobachte sie aus der Ferne. Ich habe mich von meiner Mutter jeden Tag verabschiedet, weil ich nie wusste, ob es der letzte gemeinsame Augenblick war. Ich habe mir gewünscht, noch viele Abschiede zu haben und gleichzeitig, dass es das letzte Mal ist. Einfach, weil ich wollte, dass ihr Leiden ein Ende hatte."

Widerwillig setzte sich David in Bewegung. Der emotionalen Erpressung hatte er nichts entgegenzusetzen. Unbewusst klammerte er sich an die Hoffnung, seine Mutter würde sich erinnern, dass er am Leben war. Dass ihr Verstand die Geschehnisse wieder ins rechte Licht rückte, statt dass sie in ihrer eigenen Wirklichkeit ertrank. Er wusste, die Erkenntnis, sich umsonst Hoffnung gemacht zu haben, würde ihm den Boden unter den Füßen wegreißen. Aber er hatte den Schritt über den Abgrund bereits vollzogen, wovor sollte er sich noch fürchten? Vielleicht würde er einen Moment erwischen, in dem sie sich freute, seinen Geist zu sehen. Er überließ Finja wieder die Führung und folgte ihr in die Waldsiedlung. Sie passierten das ehemalige Eingangstor zum einst abgeschotteten Innenbereich und fuhren zum langgestreckten Flachbau, um dort die Räder abzustellen. Finja bahnte sich zielsicher den Weg über das Gelände und führte ihn zu einem verlassenen Spielplatz. Um eine große Buche standen im Schutz der tief hängenden Zweige ein Schaukelgerüst, eine Kletterstange und zwei Metallwipper. Die vereinzelten Spielgeräte wirkten gleichzeitig steril und verwildert. Am Rand standen Bänke, und David sah seine Mutter auf einer davon sitzen. Beim Anblick ihrer zierlichen Gestalt vergaß er zu atmen. Die Medikamente fraßen sie Stück für Stück auf. Während die Tabletten es ihr ermöglichten, am Leben teilzuhaben, bezahlte sie mit den wenigen Kilos, die sie noch zu bieten hatte. Ihr Haar war ausgedünnt, früh ergraut und die ehemals lange Pracht nur noch kinnlang. Das dürre Handgelenk zierte ein farbiges Armband, das sie als Patientin der psychosomatischen Station kennzeichnete.

„Rede mit ihr, zeig ihr, dass du noch da bist", ermunterte Finja ihn und ließ sich zurückfallen.

David zwang sich, einen Fuß vor den anderen zu setzen. Er prüfte die Gegend, bereit die Flucht zu ergreifen, aber niemand war in der Nähe. Ruhe lag über allem, die ihn aber nicht erreichte. Die Hände tief in den Taschen der Jeans vergraben, um das nervöse Zittern zu verbergen, näherte er sich ihrem Sichtfeld.

Sie blickte auf die Schaukeln, ohne sie wirklich zu sehen.

„Hi Ma", begrüßte David seine Mutter leise.

Der verwirrte Ausdruck in ihrem Blick wich dem Erkennen und ihre schmalen Lippen verzogen sich zu einem herzlichen Lächeln.

„Avi, mein Schatz, ich dachte, du hättest deinen Frieden gefunden."

Ein Schlag in den Magen hätte ihn nicht schmerzvoller treffen können. Alle idiotischen Hoffnungen waren mit einem Satz zerplatzt. Aber wenigstens schrie sie nicht, dass er verschwinden solle. David rang sich ein Lächeln ab und fügte sich in seine Rolle als Halluzination. Anstatt sich neben sie zu setzen und eine zufällige Berührung zu provozieren, setzte er sich auf eine der verwaisten Schaukeln.

„Ich glaube, ich habe einen Weg gefunden. Ich wollte mich nur vergewissern, dass es dir gut geht."

„Natürlich mein Junge, ich stand wieder ein wenig neben mir, aber sie kümmern sich hier gut um mich. Sogar das Essen ist genießbar. Du musst aufhören, dich an dem Irdischen festzuklammern, und Lexi auf der anderen Seite Gesellschaft leisten. Grüß sie von uns."

Ihr Lächeln war echt, offen und voller Zuversicht. David schluckte die aufsteigenden Tränen herunter. Ein Geist konnte nicht weinen. Sein Lächeln verkrampfte sich, schmerzte und seine Augen wurden trotz aller aufgebrachten Kraft feucht.

„Ja, ich gebe ihr einen Kuss von dir. Pass auf dich auf, Ma."

Seine Stimme brach. Aus Angst zusammenzubrechen, wenn er mehr Schritte machte als unbedingt notwendig, schleppte er sich zu einer hoch gewachsenen Buche. Die ausladenden Äste überspannten den Spielplatz, und er glitt, verdeckt von dem knorrigen Stamm, zu Boden. Er versuchte seinen Kopf freizumachen. Nichts denken.

Verdrängen, dass die Risse in seinem Herz weiter auseinanderklafften als je zuvor. Seine Fingernägel bohrten sich tief in sein Fleisch, auch wenn es nur ein unzulänglicher Ersatz für die Schnitte mit scharfkantigem Glas war. Irgendwann, als er wieder zu sich fand, saß Finja neben ihm im Gras. Seine getrübten grauen Augen starrten noch immer ins Leere.

„Es tut mir leid", hauchte Finja.

„Alles gut, wie du sagtest, es hat gutgetan sich zu verabschieden."

„Warum hast du nicht versucht, sie davon zu überzeugen, dass du noch lebst?"

„Sie macht aus mir ein Opfer, warum soll ich sie in eine Welt zurückholen, in der ich der Täter bin?"

Finja schnappte hörbar nach Luft, aber er erstickte eine mögliche Erwiderung im Keim und ließ sie nicht zu Wort kommen.

„Noch jemand, dem ich auf Wiedersehen sagen soll? Möchtest du mich noch mit Torsten aussöhnen?", fragte David trocken und stemmte sich hoch.

Er wusste, er tat ihr unrecht, konnte sich den Seitenhieb aber nicht verkneifen. Er honorierte ihren Versuch, war sie doch die erste Person seit knapp zwei Jahren, die ihn überhaupt wahrnahm, aber er konnte keine Bindung zu ihr zulassen.

Ohne auf eine Antwort zu warten, ging er mit zügigen Schritten zurück und war abfahrbereit, als Finja ihn erreichte.

„Wo willst du hin?", fragte sie misstrauisch.

„Sag du es mir. Ich wollte nur verhindern, dass du mich einweisen lässt."

„Einweisen? Soll das ein Scherz sein? Du weißt, dass das nicht geht, oder?"

David zuckte mit den Schultern. Er hatte keine Ahnung, was erlaubt war und was nicht.

„Du bist volljährig und geistig da, niemand kann dich zu irgendetwas zwingen“, bekräftigte sie.

„Fährst du noch ein Stück mit mir?“

„Ich habe es dir versprochen“, antwortete er gleichgültig und es fiel ihm schwer, die bleierne Müdigkeit in seiner Stimme zu unterdrücken.

Der Weg führte nach Süden. Der Wald öffnete sich und sandige Forstwege und schmale Wanderwege folgten, auf denen sie Teile des Barnim Nationalparks durchquerten. Die Sträucher wucherten hoch und ab und zu kamen sie an Weiden mit Rindern oder Wildpferden vorbei. Am Rande des Kiefernwaldes sah die Landschaft verschlafen aus und Gräser wiegten sich leicht im Wind. Sie passierten die Ausläufer der Heide, ließen weitere Seen abseits liegen und überquerten die Hauptstraße. Über die aufgeforsteten Rieselfelder näherten sie sich einer kleinen Siedlung. Der Sand wechselte sich ab mit einer alten gepflasterten Straße, auf der vereinzelte Autos entlangschlichen und versuchten, den ausgewaschenen Schlaglöchern auszuweichen.

Versteckt lag ein kleiner Biergarten, der bei dem schönen Wetter bereits geöffnet hatte und Gäste empfing.

„Willst du mir jetzt noch einen Job verschaffen?“, fragte David, als Finja am Fahrradständer hielt.

„Ich habe Durst. Jetzt hör auf, ständig irgendeinen Hinterhalt zu wittern“, reagierte Finja genervt, knabberte aber nervös auf der Unterlippe. David musterte sie misstrauisch.

„Für mich nichts, danke. Ich besetze uns den Tisch da hinten."

Er deutete auf eine Bierbankgarnitur unter einem ausladenden Schirm. Die Sonne stand bereits hoch und brannte unbarmherzig auf sie herab. Der steife Jeansstoff klebte ihm an den Oberschenkeln und Schweißflecken zeichneten sich auf seinem Rücken ab, als er den Rucksack abnahm. Sie waren ein gemächliches Tempo gefahren, hatten sich treiben lassen, aber der laue Fahrtwind hatte kaum gekühlt. Er nahm einen Schluck aus seiner Trinkflasche, um den größten Durst zu löschen, und setzte sich an den Tisch.

Seine Miene verfinsterte sich, als er das Tablett sah, auf das Finja eine Auswahl an Speisen und Getränken geladen hatte.

„Was soll das?", herrschte er sie an. „Ich habe dir doch gesagt, dass ich nichts möchte."

„Sei nicht so stur. Es sind gefühlt vierzig Grad und du bist auch nur ein Mensch, der essen und trinken muss."

„Ich will keine Almosen", zischte er.

„Warum nimmst du keine Hilfe an?", fragte Finja resigniert über seine offene Ablehnung.

Ihre Frage bezog sich offensichtlich nicht allein auf die aktuelle Situation, sondern war allgemeiner gefasst, und David warf ihr einen zornigen Blick zu.

„Ich kann mir vielleicht keinen Luxus leisten, aber ich komm über die Runden. Und ich bin doch hier, jetzt mit dir, so wie du es dir gewünscht hast. Warum, verflucht, reicht dir das nicht?"

„David, hast du dich in letzter Zeit mal im Spiegel angesehen? Du bestehst fast nur aus Haut und Knochen. Spring über deinen Schatten und iss den Kartoffelsalat, bevor die Mayonnaise einen Sonnenstich bekommt", reagierte Finja hitzig und fluchte, als David stattdessen ruckartig von der Bierbank aufsprang.

„Ich bin nicht deine Scheißpuppe, die du füttern und anziehen kannst.“

Er schleuderte ihr die Worte entgegen, stieg schwungvoll über die Bank und kollidierte mit einem Gast.

„Holla, junger Mann. Wohin so eilig? Bleiben Sie doch noch kurz.“

David befreite sich aus der Nähe des Fremden. Irgendetwas an seiner Anwesenheit alarmierte ihn. Flüchtig schaute er zu Finja und bemerkte, dass ihre Aufmerksamkeit dem Mann galt. Das bestätigte seine Vermutung, dass das Zusammentreffen keinesfalls zufällig war. Der Verrat schmeckte bitter. Hass und Enttäuschung flackerten auf, dann sank die Erkenntnis ein, dass sie ihm einen Gefallen tat. Finja wollte ihn weiterreichen und damit musste er sich ihretwegen nicht mehr zurückhalten. Erleichterung legte sich über seine gerade noch hochkochenden Gefühle.

„David?“

Finjas Stimme drang an sein Ohr, als das Rauschen wich.

„Gib mir die Möglichkeit, es dir zu erklären“, flehte sie angstvoll.

David ließ sich wieder auf die Bank sinken. So eingekreist standen die Chancen für eine erfolgreiche Flucht schlecht, also würde er die Intervention über sich ergehen lassen.

„Milan hat mir geholfen, nachdem meine Mutter starb. Ich wollte dich damit nicht überfallen, aber die Zeit ist zu knapp. Ich musste es einfach riskieren“, erklärte Finja stockend.

„Schon gut, ich habe dich in eine unmögliche Lage manövriert."

Er schwamm weiter in einer Blase aus Gleichgültigkeit. Er begrüßte den Zustand mit offenen Armen. Der innere Druck, der ihn in Finjas Anwesenheit sonst begleitet hatte, löste sich auf und ließ ein angenehmes Nichts zurück. Er wandte seine Aufmerksamkeit Milan zu. Der Neuankömmling hatte sich in gebührendem Abstand gesetzt. Braune Augen unter buschigen Augenbrauen strahlten Zuversicht aus. Er war leger gekleidet mit kurzen beigefarbenen Cargoshorts und einem Polohemd, dessen oberster Knopf offen stand. Der Schirm eines Basecaps beschattete sein Gesicht. Die Hände im Schoß locker übereinandergelegt, wartete er, bis David den ersten Schritt machte.

„Was wollen Sie von mir? Mich mit Medikamenten vollpumpen, die mir vorgaukeln, mein Leben wäre gigantisch? In irgendein Projekt stecken, das Gestrandete auf die richtige Bahn bringt?"

„Nichts dergleichen. Ich möchte Ihnen nur zuhören", antwortete Milan ruhig.

„Dann sind wir hier schnell fertig", erwiderte David patzig. „Ich habe nämlich nichts zu sagen. Finja war bestimmt so freundlich, Sie über mich aufzuklären. Daher schwelgen sie beide doch ein wenig in Erinnerungen und genießen sie den Kartoffelsalat."

Finja wollte etwas erwidern, aber ein Seitenblick von Milan ließ sie innehalten.

„Vielleicht fangen wir noch mal neu an", bot Milan an. „Es tut mir leid, wie ich hereingeplatzt bin. Mein Name ist Milan und du kannst gerne du sagen. Ich bin Therapeut mit Schwerpunkt Trauerberatung für junge Erwachsene. Finja hat mich um Hilfe gebeten, aber sie hat keine Details genannt. Vielleicht begleitest du mich ein Stück und wir reden bei einem Spaziergang?“

David schaute auf und begegnete Finjas um Verzeihung bittenden Blick. Es würde erst zu Ende sein, wenn er auch diese mentale Folter über sich ergehen ließ. Also straffte er sich, stand auf und sah Milan herausfordernd an.

„Ziehst du dich so an, damit deine Patienten denken, du wärst einer von ihnen?“

„Vielleicht. Funktioniert es?“, fragte Milan und musterte David amüsiert.

Er hatte die Daumen lässig in den Hosentaschen eingehakt und ging neben David auf dem sandigen Weg, der sie aus dem Dorf führte. Weg von der Hauptstraße, vorbei an einer Pferdekoppel in die flache Wiesenlandschaft.

„Warst du schon mal hier?“ Behutsam versuchte Milan eine Unterhaltung in Gang zu setzen. David schüttelte den Kopf und er fuhr fort: „Vor fünfunddreißig Jahren wurde hier noch das Abwasser von Berlin gereinigt. Mit dem Bau der Berliner Kanalisation wurde das Abwasser aus der Stadt befördert und in Rieselfelder gepumpt. Deswegen siehst du auch hier und dort noch Reste der Anlage, rostige Rohre zum Beispiel. Die Felder hier waren über hundert Jahre in Betrieb.“

„Wie passend. Wir spazieren hier also auf eingesickerter Scheiße und ich soll meinen Müll ebenfalls abladen?“, kommentierte David trocken.

„Interessante Sichtweise. Aber wusstest du, dass es eine effiziente Art der Düngung war und riesige Ernteerträge eingefahren werden konnten? Der Kornspeicher dort hinten", Milan zeigte auf einen steinernen Turm, der mitten aus der Landschaft herausragte und dessen Dach mit roten Ziegeln gedeckt war, „war immer gut gefüllt und lieferte Erzeugnisse für den Berliner Norden."

„Ah, Scheiße ist der Boden für eine nahrhafte Zukunft. Möchtest du mich das lehren?"

„Ich möchte dich nichts lehren."

„Genau, nur zuhören", fiel David ihm schroff ins Wort. „Aber es bringt nichts zu reden. Dadurch verändert sich nichts. Alex wird nicht wieder lebendig und ich werde nicht wieder für meine Mutter lebendig. Also bitte, sag dein Sprüchlein und verzieh dich."

Davids Atem ging stoßweise. Die Sätze hatten Kraft gekostet und er lief bereits auf Reserve. Er beugte sich vornüber und stützte die Handflächen auf die Oberschenkel.

„Du bist nicht schuld. Meinst du diese Wahrheit, die du dir nicht zugestehst und von der du denkst, dass es das ist, was ich erzählen will?"

„Der erste Teil reicht. Einfache Sätze, Doc. Mein Gehirn ist Matsch in dieser Hitze", keuchte David und kämpfte, um seine innere Gleichgültigkeit wieder herzustellen. Er versagte und sank am Rand des Weges ins hohe Gras.

„Atme!"

Er spürte Milans Hand auf seinem verschwitzten Rücken und versuchte der Anweisung zu folgen. Die Schwärze am Rande seines Sichtfeldes wich langsam. Er umschlang sich selbst, aber nicht um sich Halt zu geben, sondern um erneut die Fingernägel in die Haut zu bohren.

„Nimm die Hand weg", presste er hervor und Milan kam seiner Aufforderung sofort nach. „Ich will allein sein. Nicht nur jetzt in diesem Moment. Ich will nicht reden. Mit niemandem."

Nie wieder fügte er in Gedanken hinzu.

„David, lass uns Tacheles reden! Willst du dir das Leben nehmen?"

Milan ließ sich ebenfalls ins Gras sinken und beobachtete ihn interessiert. Davids Gesichtszüge entspannten sich und ein Lächeln umspielte seinen Mund. Es tat gut, die Frage direkt zu hören, und alles in ihm schrie: Ja. Sein Kopf nickte automatisch, aber er witterte eine Falle und blieb stumm.

„Auch wenn ich wie eine Schallplatte klinge – kennst du so was überhaupt? Egal. Ich höre zu. Du bist volljährig und niemand kann dich gegen deinen Willen zu irgendetwas zwingen. Du kannst zugeben, dass du dir das Leben nehmen willst. Du kannst zugeben, dass du dich verletzt. Sprich es einfach aus."

„Heute ist Tag x plus 3", antwortete David schleppend.

Milan ließ ihn nicht aus den Augen, unterbrach ihn aber auch nicht. David zupfte an den Grashalmen, die in seiner Reichweite waren. Die Samen der Gräser rieselten durch seine Finger und die Tätigkeit beruhigte ihn.

„Vor drei Tagen wollte ich mir die Pulsadern aufschneiden", erklärte er.

Wieder bestätigte sich ihm, dass Reden nicht half. Ein Mitwisser mehr, der, auch wenn er hoffentlich an irgendeine Schweigepflicht gebunden war, ihn stoppen könnte. Ihn stoppen wollte. Warum konnten sie ihn nicht in Ruhe lassen? Niemand hatte sich die letzten zwei Jahre für ihn interessiert und jetzt zerrten sie plötzlich an ihm. Es war sein Leben und er allein wollte über den kläglichen Rest bestimmen.

„Erzählst du mir von Alex?“, fragte Milan, bemüht das Gespräch wieder in Fluss zu bringen, aber David blockte ab.

„Nein. Meine Stiefschwester ist meinetwegen gestorben. Mehr gibt es nicht zu sagen.“

Ruckartig stand er auf. Er schwankte kurz und seine grauen Augen waren trüb wie zähflüssiger Nebel.

„Danke für die aufbauende Unterhaltung, Doc, aber ich muss jetzt zur Arbeit. Versteh mich nicht falsch, aber ich hoffe, wir sehen uns nicht wieder.“

„Heute Abend trifft sich eine Trauergruppe und ich würde mich freuen, wenn du vorbeikommst“, schlug Milan ruhig vor und ignorierte Davids ablehnende Haltung. Er zog einen zerknitterten Flyer aus seinen Shorts, aber David blickte ihn nur entgeistert an, schüttelte energisch den Kopf und stürmte davon.

Trotz der Junihitze fühlte sich der Schweiß kalt an und er sehnte sich nach einem Sprint auf dem Bike, um den ganzen inneren Dreck auszuschwitzen.

KAPITEL 19

David

David dämmerte vor sich hin. Sein Bewusstsein befand sich in einem Schwebezustand. Obwohl sein Körper glühte wie während seiner Feuerträume, waren die Gefühle vollständig betäubt und keine Empfindung berührte ihn. Er hatte sich so weit abgekapselt, dass er nicht einmal wusste, wo er war, und sein überhitzter Verstand driftete wieder und wieder in die Bewusstlosigkeit. Arbeiten war nach dem Vormittag mit Finja keine Option. Er machte sich nicht die Mühe sich zu entschuldigen, die Kündigung war bereits ausgestellt und er war nicht länger auf Geld angewiesen. Er würde keine Nahrung mehr benötigen und würde aufhören sich etwas vorzumachen. Sein Versuch, es Finja recht zu machen, war gescheitert. Sie machte sich falsche Hoffnungen und er zerfiel vor ihren Augen, ohne dass er den Prozess aufhalten konnte. Oder wollte. Auch wenn ihr Verrat ihn tief getroffen hatte, konnte er ihn nachvollziehen. Er hatte sie vor eine schier unlösbare Aufgabe gestellt und sie musste sich Hilfe holen. Genauso wie er endlich einen Schlussstrich brauchte. Erst das Treffen mit seiner Mutter, das sein zersplittertes Herz noch weiter auseinandergerissen hatte, und dann die Beichte, die Milan aus ihm herausgepresst hatte. Danach hatte er blind in die Pedale getreten, hatte Finja ausgeblendet, und war in halsbrecherischem Tempo an seinen See gefahren, an dem er jetzt fast zwei Monate lebte. Rechtzeitig hatte ein letzter Funke Verstand ihn von der üblichen Stelle weggeführt. Finja und auch Luke hätten dort nach ihm suchen können. Bei gut neun Kilometern Ufersaum war es nicht unmöglich, ihn trotzdem aufzuspüren, aber er hoffte darauf, einmal Glück zu haben. Irgendwann musste er doch allein sein können. Mit letzter Kraft war sein überhitzter Körper am Ufer angekommen. Jeans und T-Shirt klebten an ihm wie eine zweite Haut, aber er ignorierte das brennende Verlangen nach Flüssigkeit in seiner Kehle. In Fötusstellung, die Arme um sich selbst geschlungen, kauerte er auf dem sandigen Boden und überließ sich seinem Elend. Bis er etwas Kühles auf seiner Stirn spürte. Auch Worte nahm er wahr. Jemand sprach mit ihm, aber er war zu keiner Reaktion fähig. Eine raue Fingerkuppe tastete an seinem Hals, suchte nach einem Puls und fand ein schwaches, holpriges Pochen. Sein Mund wurde geöffnet und ihm Wasser eingeflößt. Der größte Teil versickerte im Boden, aber einige Tropfen benetzten seine Schleimhäute. Er leckte sich über die spröden Lippen und schloss sich enger in die eigene Umarmung, noch nicht gewillt, sich der Enttäuschung hinzugeben, gefunden worden zu sein und schon wieder versagt zu haben.

Beim nächsten Erwachen lichtete sich der Nebel ein wenig. Die stetig eingeflößten kleinen Wassermengen und die äußere Kühlung senkten seine Körpertemperatur wieder auf einen annehmbaren Wert. Ihn fröstelte ein wenig, aber er war sich sicher, dass er es sich nur einbildete oder sein Körper ihm einen Streich spielte. Er kämpfte die verklebten Augenlider auseinander und stellte langsam seine Umgebung scharf.

„Schön, dass du ausgeschlafen hast. Ich dachte schon, ich muss die ganze Nacht dich und die Angel beobachten."

Die gutmütige Stimme des alten Mannes schraubte sich in seinen von Kopfschmerzen hämmernden Schädel. David suchte in seinem Gedächtnis nach einem Namen und war erstaunt, dass er fündig wurde. Er wollte ungläubig fragen: „Hans?", brachte aber nur ein unverständliches Krächzen heraus.

„Hast du jemand anderen erwartet? Immerhin hast du dir meinen Stammplatz für dein Schläfchen ausgesucht", antwortete Hans amüsiert, konnte die Sorge in seiner Stimme aber nicht ganz verbergen.

David grübelte angestrengt, was eine neue Schmerzwelle durch seinen Kopf schickte. War er nicht irgendwo zusammengebrochen, ohne eine bestimmte Stelle ausgewählt zu haben?

„Du warst ja bei unserem letzten Treffen schon in einem bemitleidenswerten Zustand, aber heute hast du mir einen ordentlichen Schrecken eingejagt", gab der Angler zu und betrachtete ihn ernst. „Ich habe schon meine Birgit finden müssen. Zum Glück war es ein friedlicher Anblick, wie sie in ihrem Lesesessel ruhte, aber nach einem Puls tasten zu müssen, ist keine angenehme Sache."

David schluckte.

„Deine Frau? Aber vor zwei Wochen …", begann er und wurde von Hans unterbrochen.

„Ich habe mir angewöhnt von meiner Birgit zu reden, als wäre sie noch am Leben. Die Sandwiches sind nach ihrem Rezept, also hat sie sie mir gemacht. So ist es nicht so einsam. Und einem alten Mann verzeiht man, wenn er ein wenig verrückte Selbstgespräche führt."

„Das tut mir leid."

„Junge, ich bin alt, da passiert so was. Aber du …"

Hans fuhr sich mit seiner knochigen Hand durch das noch volle ergraute Haar. Aufrichtige Besorgnis lag in seinem Blick und sein Mund verzog sich wie unter Qualen.

David rappelte sich in eine sitzende Position und wartete, bis der Schwindel sich legte. Dankbar nahm er die Wasserflasche, die Hans ihm reichte. Der Deckel war leicht geöffnet, sodass er sich nicht die Blöße geben musste zu zeigen, dass ihm die Kraft fehlte den Verschluss zu öffnen. Er trank kleine Schlucke.

„Geh ins Zelt, schlaf dich aus!"

Es war ein Angebot, aber gleichzeitig eine Aufforderung und schweigend kam David ihr nach. Erschöpft von den wenigen Schritten, sank er hinter dem Zelteingang zu Boden und schlief sofort ein.

Sein Atem ging stoßweise, als er im Doppelkammerzelt erwachte. Die lodernden Flammen und den dichten Rauch ließ er zurück. Hans hatte ihn wirklich gefunden. Mit der Hartnäckigkeit von Finja und Luke hatte er gerechnet, aber dass der Zufall ihn in die Arme seiner flüchtigen Anglerbekanntschaft getrieben hatte, traf ihn unvorbereitet. Er stemmte sich in eine sitzende Position und ihm wurde schummrig. Mit zusammengekniffenen Augen gegen Schwindel, Übelkeit und Kopfschmerzen kämpfend, tastete er nach der Wasserflasche und trank einige Schlucke. Endlich fühlte er sich stabil genug, um sich der Wirklichkeit zu stellen. Er schlug den Zelteingang auf und sah im Schein einer Petroleumlampe Hans im Anglerstuhl dösen. Das Rascheln des Stoffes ließ den Mann aufblicken.

„Willkommen unter den Lebenden. Dein Gesicht scheint wieder etwas Farbe angenommen zu haben. Noch weit entfernt von gesund, aber auf dem Weg dahin. Setz dich zu mir und iss!“, forderte Hans ihn auf.

„Lieber nicht, ich bleib erst mal bei Wasser“, lehnte David ab.

Übelkeit zog seinen Magen zusammen und er würde keinen Bissen herunterbekommen. Er würde bei Flüssigkeit bleiben, bis die Nachwehen des Hitzschlages abgeklungen waren.

„Beherberge ich einen Flüchtigen?“, fragte Hans geradeheraus und mit einem Ernst, den David nicht erwartet hatte. Bei ihrer ersten Begegnung hatte Hans keine Erklärung verlangt, aber wahrscheinlich hatte sein Zustand diesmal die unsichtbare Grenze überschritten. Der alte Mann verdiente keine Lügen, aber was war die Wahrheit?

„Zumindest gibt es keine Fahndung und keine Vermisstenanzeige. Du machst dich nicht strafbar.“

„Gut“, brummte Hans und fragte weiter: „Aber du rennst vor etwas weg. Willst du mir erzählen, was es ist?“

David presste die Kiefer fest zusammen und starrte angestrengt auf die sich leicht kräuselnde Wasseroberfläche.

„Ich habe früher viele Nachtschichten gehabt und die Vereinbarung mit meinen Patienten war, dass alles, was sie mir in der Nacht anvertrauten, bei Sonnenaufgang wieder ein Geheimnis sein würde", erzählte Hans, als David hartnäckig schwieg.

„Warst du Arzt?", lenkte David ab.

„Viel wichtiger, Krankenpfleger", antwortete Hans voller Inbrunst und in seinen Augen funkelte Stolz.

„Bist du dann nicht auch schon jemandem begegnet, bei dem es vom Reden nur schlimmer wurde?"

David konnte die Verzweiflung nicht aus seinen Worten verbannen, aber Hans nickte zustimmend. Wollte er ihn wirklich verstehen?

„Es braucht Vertrauen und Mut, sich selbst das Erinnern zu erlauben", zitierte Hans leise. „Das war das Mantra unseres leitenden Stationsarztes."

Die Worte verfehlten ihre Wirkung bei David nicht.

„Wohl eher Dummheit und Unfähigkeit." Seine Stimme troff vor Selbsthass. „Wenn man sie einmal zulässt, überfluten sie einen, und dann sind sie in jeder Minute in jeder Faser des Körpers präsent."

„Und du verletzt dich, um sie verschwinden zu lassen? Treibst deinen Körper an seine Grenzen, um die Gefühle zu betäuben?"

Hans fragte nachdrücklich.

Seine Augen hielten David gefangen und er war unfähig, sich zu befreien. Die Konfrontation überraschte ihn und seine Hand glitt unbewusst zu seinen selbst zugefügten Schnitten. Er zog den Ärmel hinunter und erkannte, dass er sich gerade verraten hatte. Es brachte nichts zu leugnen.

„Es ist ein weitverbreiteter Irrtum, dass man Sachen totschweigen sollte. Ich werde nicht so tun, als wäre alles in Ordnung. Du bist mir keine Rechenschaft schuldig, aber was sichtbar ist, ignoriere ich nicht", setzte Hans nach.

David schluckte den Kloß im Hals herunter und schaffte es endlich, sich dem bohrenden Blick zu entziehen. Mit einer Mischung aus Schockstarre und Erregung wartete er auf weitere Worte von Hans, aber dieser stand auf und kümmerte sich um seine ausgelegten Angeln. Der abrupte Gesprächsabbruch stieß David in sein emotionales Loch zurück, aus dem er mühsam herausklettern musste.

Um die Fassung zurückzuerlangen, lenkte David seine Konzentration auf das Angelequipment. Auf einem weißen Tuch lagen Zange, Schnur, Maßband und eine Waage. Es war faszinierend, wie gut der simple Trick mit dem hellen Untergrund funktionierte, der es ermöglichte, im schwachen Schein der Lampe alle Werkzeuge mit gezielten Griffen zu finden. Sein Blick glitt weiter und blieb an einer Matte hängen. Ein Messer und ein Fischtöter warteten auf den Fang. Die scharfen Gegenstände übten eine große Anziehungskraft auf ihn aus. Davids Gedanken liefen schnell und unaufhaltsam in ein und dieselbe Richtung. Er atmete schwer und zwang sich, den Blick in Richtung See abzuwenden. Hans stand mit seinen Watstiefeln im seichten Wasser, prüfte den Köder und zog ein neues Knicklicht in die Pose, bevor er die Angel wieder auswarf. Wie ein tanzendes Glühwürmchen fand die Pose ihren Platz und wartete darauf unterzutauchen, wenn die Beute anbiss. Der alte Mann griff in eine umgehängte Box und holte eine Handvoll Tauwürmer hervor, die er zum Anfüttern schwungvoll in die Nähe der ausgelegten Position ins Wasser warf.

„Jetzt wird es erst mal ruhig sein. Nach dem heißen Tag waren die Fische nach der Abkühlung aktiv, aber jetzt schlafen auch die gefräßigen Raubfische. In den frühen Morgenstunden werden hoffentlich ein paar Karpfen von den Ködern angezogen und beißen."

„Dann ist jetzt wohl Schlafenszeit", schlussfolgerte David. Enttäuschung überfiel ihn, und er schalt sich selbst dafür, dass er seltsamerweise die Gesellschaft des Mannes so sehr wünschte. Dabei sollte er sich verabschieden oder wenigstens davonschleichen, sobald er unbeobachtet war, um nicht noch jemandem Kummer zu bereiten. Er durfte die Gutmütigkeit des Alten nicht ausnutzen.

„Nein, zum Schlafen hätte ich auch zu Hause bleiben können. Ich bin nachts zu unruhig, schrecke schnell hoch und wälze mich nur hin und her, seit ich allein bin. Hier draußen finde ich mehr Erholung, wenn ich in meinem Stuhl döse. Es gibt mittlerweile sogar neumodische elektronische Bissanzeiger, aber diesen Firlefanz brauche ich nicht."

Hans setzte seinen Monolog über modernes Angelequipment fort und David ließ sich von seinem melodischen Bariton einhüllen. Er bekämpfte den Drang wegzulaufen und erlaubte sich zu rasten.

„Erzählst du mir, was in der Nacht mit deinem Knöchel passiert ist?", erkundigte Hans sich.

David hätte die Frage fast überhört. Ganz ruhig und selbstverständlich antwortete er, bevor er sich dessen richtig bewusst war, und gab viel mehr preis, als er wollte.

„Ich kam aus einer Klinik. Ich habe versucht, meine Mutter zu besuchen, weil ich erfahren hatte, dass sie dort liegt. Aber mein Stiefvater hat mich abgefangen, und ich war so wütend, dass ich den Weg nicht beachtete und eine Wurzel mich zu Fall brachte. Ich habe die Nacht am Ufer verbracht und morgens wegen der Verletzung nicht weitergewusst."

„Wie geht es deiner Mutter jetzt?“

„Gut“, antwortete David und ihm wurde bewusst, dass er das in diesem Moment glaubte und akzeptierte. Sowohl für sich selbst als auch für seine Mutter. „Ich habe sie heute wieder getroffen. Kurz mit ihr geredet. Mich verabschiedet.“

Zögernd sprach er die letzten Worte, es war ein endgültiger Abschied gewesen, das wurde ihm bewusst. Ein Funke Erleichterung keimte in ihm auf. Er wünschte ihr von Herzen das Beste, aber ihr Weg würde nicht länger ein gemeinsamer sein. Seine Kiefermuskeln entspannten sich und er konnte freier atmen.

„Ich glaube, du hältst noch länger durch“, stellte Hans fest.

„Ich weiß nicht wie.“ David hasste, wie hilflos er klang. Er horchte in sich hinein, ob er das erste Mal seit Längerem wieder den Wunsch danach verspürte durchzuhalten. Aber da war nichts.

„Ich habe heute die Schule geschmissen. Ich habe keinen Schlafplatz mehr. Die Arbeit gekündigt habe ich auch.“

„Das heißt, du bist frei für Neues“, fasste Hans zusammen und David schaute überrascht auf. „Du bist jung und kannst überallhin gehen. Keine Grenze hält dich auf.“

„Mit dreihundert Euro?“, fragte David skeptisch und lachte kehlig. „Wohl kaum.“

„Im Sommer hast du alle Möglichkeiten. Das Wetter ist auf deiner Seite und du kannst nach etwas suchen, was dich durch den Winter bringt, du musst es nur wollen. Gib dir Zeit.“

David nickte kaum merklich und ließ die Worte einsinken. Hörte die Bitte nicht das erste Mal, aber doch anders. Vielleicht hatten die Zwillinge mit ihrer Hartnäckigkeit den Grundstein gelegt, aber er fühlte sich weiterhin nicht bereit zu kämpfen. Dabei schien die Lösung nicht in halsstarrem Kampf zu liegen, sondern im Loslassen. Alex' Traum hatte sich aufgelöst, er verfügte nicht über ihr Potenzial und würde ihre physikalische Leidenschaft nie ersetzen können. Genauso wie er seine Mutter in ihrer Krankheit zurücklassen musste, um für sich selbst zu sorgen. David schluckte hart und das Bedürfnis, etwas Scharfes zu greifen, flackerte heiß auf.

KAPITEL 20

David

David fühlte sich wie ein Eindringling. Er war ein Fremder, der sich in ein Leben schlich, dessen schöne Momente in Fotografien ausgebreitet vor ihm lagen. In Farbe gebannt, aber auch in verblichenen Schwarz-Weiß-Aufnahmen stand Hans' Leben in schillernder Vielfalt in dessen Wohnraum vor ihm. Eine Sammlung besonderer Erinnerungen und Alltagssituationen, eingefasst in dunkle Holzrahmen. Die Einrichtung der geräumigen Drei-Zimmer-Wohnung war hell und modern. Vergeblich suchte David nach holzgetäfelten Decken, einem höhenverstellbaren Couchtisch oder einer braungemusterten Couchgarnitur. Es gab auch keine vergilbten Spitzenvorhänge an den Fenstern.

„Nicht, was du erwartet hast, oder?" Hans schmunzelte und erklärte: „Vor ein paar Jahren haben wir unser Haus verkauft und unsere Tochter hat uns neu beziehungsweise gebraucht durch alle möglichen Privatkäufe eingerichtet. Sie nannte es Wohn-Update, oder so ähnlich. Nur meinen Sessel konnte ich vor ihr retten."

Hans seufzte und zeigte auf ein großes Ungetüm, das mit Fernbedienung in eine liegende Position gefahren werden konnte.

„Aber ich muss ihn unter einem Überwurf verstecken, wenn sie zu Besuch kommt.“

Hans nahm ein Bild in die Hand, auf dem zwei Frauen glücklich in die Kamera lächelten und sich gegenseitig im Arm hielten. Ihre Ähnlichkeit und der Altersunterschied ließen darauf schließen, dass es sich um Mutter und Tochter handelte. Ein heftiger Stich durchfuhr David, weil es ein Foto in der gleichen Pose von Alex und ihm gab. Seine Hand glitt zu seinem Rucksack, in dem er die Fotografie, die nur wenige Wochen vor Alex' Tod entstanden war, wie einen Schatz bewahrte. Ein Schatz, den er tief vergraben hatte und sich nicht erlaubte anzusehen. Aufgenommen in einem Vergnügungspark, dessen Besuch sie ihm zu seinem Geburtstag geschenkt hatte. Ein Tag voller schöner und zugleich schmerzhafter Erinnerungen, die er sofort wieder in der Tiefe seines Herzens versenkte. Hans musterte ihn besorgt und stellte das gerahmte Bild zurück an seinen Platz.

„Du kannst dich ins Gästezimmer zurückziehen. Geh ruhig zuerst ins Bad, dich frisch machen, und ich leg dir Bettzeug raus.“

David senkte den Kopf und nickte verhalten. Er folgte der erhobenen Hand von Hans zurück in den Flur und öffnete die erste Tür auf der linken Seite. Es war ihm unmöglich gewesen, die Einladung abzulehnen. Er konnte sich somit der Reichweite der Zwillinge entziehen, brauchte nicht fürchten von Finja gefunden zu werden. Außerdem musste er sich eingestehen, dass die Nähe des alten Mannes eine beruhigende Wirkung auf ihn hatte, der er sich nicht entziehen konnte. Hans hatte ihn überredet, sich über das Wochenende auszuruhen. Die Schwindelanfälle bei unbedachten Bewegungen waren schon zurückgegangen, aber Übelkeit und Kopfschmerzen hielten ihn weiterhin in Schach. David dreht sich noch einmal um und schenkte Hans ein schwaches Lächeln, bevor er das Gästezimmer betrat und die Tür hinter sich schloss. Der Raum maß etwa drei mal vier Meter. Die linke Wand wurde komplett von einem Regalsystem eingenommen. Jeder Platz war gefüllt mit Büchern, Ordnern und Kartons. Jede Box mit einem weißen Schild ordentlich mit Jahreszahl und Stichwörtern beschriftet. Unter dem Fenster stand ein alter Holzschreibtisch mit gedrechselten Beinen und an der Wand gegenüber eine Couch mit Schlaffunktion, bedeckt mit einem olivgrünen Überwurf. Der Rucksack glitt von seiner Schulter. Staubig und zerschlissen kam er ihm fehl in dieser schlichten Ordnung vor. Der Kontrast war nicht so extrem wie in dem Gästezimmer der Zwillinge, aber auch hier fühlte er sich wie ein Eindringling. Unschlüssig, was er als Nächstes tun sollte, blieb er im Raum stehen, mit nackten Füßen auf einem flauschigen Teppich. Wie konnte Hans ihm trauen? Wie konnte er einen verwahrlosten jungen Mann ohne zu zögern mit in sein Zuhause nehmen? David schob die Gedanken beiseite und beschloss, wenigstens sein Äußeres in einen akzeptablen Zustand zu bringen. Auf Zehenspitzen schlich er in das gegenüberliegende Bad und schloss die Tür ab. Die Kleidung klebte an ihm wie eine zweite, dreckige Haut und er überlegte ernsthaft, sich so, wie er war, unter die Dusche zu stellen. Er schälte sich aber doch aus Jeans, T-Shirt und Unterhose, ließ im Waschbecken Wasser einlaufen und gab einen Spritzer Handseife dazu. Er wartete, bis der Schaum seine Kleidungsstücke verschluckte und kümmerte sich dann um sich selbst. Die Dusche war ebenerdig und frei von Schwellen. Zur altersgerechten Einrichtung gehörte auch eine Haltestange, die hochgeklappt an der Wand verharrte. David zog die Vorhänge zu und achtete sorgsam darauf, dass sich der Stoff überlappte, bevor er das Wasser auf heiß drehte. Seine Hautfarbe wechselte von Grau zu Rot und er stand regungslos. Nur sein Brustkorb hob und senkte sich durch schwere Atemzüge. Seine Kopfhaut kribbelte und er fokussierte sich auf das Brennen auf seiner Haut. Der harte Wasserstrahl riss einige Stellen seiner Schnitte auf und er erlaubte sich, den Schmerz zu genießen. Als er die Augen wieder öffnete, wusste er nicht, wie viel Zeit vergangen war, aber das Wasser prasselte weiter heiß auf ihn. Seine Finger schlossen sich fest um die Haltestange und er musste sich zwingen, den tauben Griff zu lösen. Er stellte das Wasser ab, war aber nicht bereit, die Duschabtrennung zu durchschreiten. Die Blase, geschaffen aus Dampf, hüllte ihn wohlig ein und er wollte nicht hinaus in die kalte Realität.

Irgendwann gab er seinen Widerstand auf und trat ans Waschbecken. Routiniert wusch er den Dreck aus der Kleidung, spülte gründlich die Schaumreste aus und wrang den schweren Stoff aus. Dabei vermied er den Blick in den Spiegel. Der Wasserdampf hatte einen feinen Schleier auf alle Oberflächen gelegt, aber auch seine Umrisse hätten ihm zu viel von seiner momentanen Verfassung offenbart. Erst als er fertig war, öffnete er das Fenster zum Hinterhof weit und ließ den aufgestauten Dunst entweichen. In Ermangelung von Wechselkleidung schlang er das Handtuch um die Hüften und schlich zurück in das Gästezimmer. Erstaunt fiel sein

Blick auf die Couch. Wo vorhin noch das dunkle Grün des Überwurfs dominiert hatte, lagen Bettzeug, Bettwäsche und sogar Kleidung für ihn bereit. Erneut war er ungewollt zum Hilfeempfänger geworden, aber es schmeckte nicht mehr ganz so bitter wie noch vor einigen Tagen. Mit zügigen Griffen verwandelte er die Couch in ein Bett samt bezogener Decke und Kissen. Das T-Shirt war ein wenig zu groß und die Aufschrift WTF – Want to fish entlockte ihm ein kurzes, aber ehrliches Lachen. Die Hose war zu kurz und er behalf sich damit, den Hosensaum bis kurz unters Knie umzukrempeln. Ein Gürtel hielt die Jeans auf seinen schmalen Hüften. Ein paar Mal musste er sich setzen und abwarten, bis sich der aufkeimende Schwindel wieder legte. Die Übelkeit wich einem flauen Gefühl unangenehmer Leere und er konnte den Hunger nicht länger ignorieren. Laut der Uhr auf dem Schreibtisch war es fast Mittag und er hatte seit Lukes Energiemüsli gestern Morgen nichts mehr gegessen. Selbst Superfood stieß irgendwann an seine Grenzen. Schnell schob er die Gedanken an die Zwillinge beiseite und trat auf den Flur.

Hans hatte es sich in seinem Sessel bequem gemacht, der Kopf war zur Seite gekippt und die Augen waren geschlossen. David spähte in die andere Richtung und öffnete eine verglaste Tür zur Küche. Eine helle Küchenzeile vereinnahmte den kleinen länglichen Raum und in der gegenüberliegenden Ecke stand ein quadratischer Tisch mit zwei Stühlen. Bei Bedarf hätte der Platz für vier Personen erweitert werden können, aber David vermutete, dass meist einzelne Personen zu Besuch kamen.

Er stöberte mit Bedacht im Kühlschrank und suchte anschließend nach Vorräten haltbarer Lebensmittel. Mit

Nudeln bewaffnet, griff er einen kleinen Topf und suchte weitere Utensilien zusammen, um einen Auflauf zuzubereiten. Kein besonderes kulinarisches Highlight, aber er wollte sich für die Unterstützung des alten Mannes bedanken und mit den vorhandenen Vorräten eines der wenigen Gerichte zubereiten, die er kochen konnte.

„Hast du gekocht?", fragte Hans verwundert, als er die Küche betrat, und schaute sich neugierig um. „Was riecht denn da so köstlich?"

„Nichts Besonderes. Nenn es Nudel-Reste-Auflauf. Fast alles lässt sich mit Nudeln kombinieren, und mit Käse überbacken schmeckt auch fast alles", erklärte David bescheiden. Er saß seitlich auf dem Stuhl und lehnte mit dem Rücken an der Raufasertapete.

„Klingt lecker."

Ehrliche Anerkennung und Freude lagen in Hans' Blick, aber David winkte ab.

„Ich möchte mich bedanken. Für …", er schluckte und schaute auf den umgekrempelten Saum der Jeans, „… alles."

„Das ist nicht nötig", sagte Hans nachdrücklich und ergänzte schmunzelnd: „aber das ist eine erfreuliche Überraschung. Vielleicht solltest du häufiger kochen."

„Morgen kann ich dir nur noch Sandwiches anbieten, dann ist meine Palette an Gerichten erschöpft." Genau wie unsere gemeinsame Zeit, fügte David in Gedanken hinzu und zwang sich, das Lächeln auf seinem Gesicht zu behalten. Er durfte nicht vergessen, dass dies zwei Tage zum Verschnaufen waren und er die endgültige Entscheidung nur hinauszögerte.

Hans berührte ihn sanft an der Schulter und er zuckte erschrocken zusammen. Sofort zog Hans die Hand zurück, aber die Stelle brannte wie Feuer. Warum reagierte er auf Berührungen so verdammt empfindlich? David wusste es, gestand sich aber nicht ein, vor ernst gemeinter Nähe zurückzuschrecken, weil er sie nur mit Alex geteilt hatte. Seine Mutter war bereits vor dem tödlichen Unglück krank gewesen, auch wenn sie gute und emotional stabile Zeiten hatte, gab es selten Umarmungen oder Zärtlichkeiten. Für Torsten war er Luft gewesen, bestenfalls nervig und lästig. Alex war die Einzige, die ihm Trost gespendet hatte, auch wenn er sie anfangs weggestoßen hatte. Sie hatte hinter seine Mauer geschaut und sich nicht abwimmeln lassen, wenn er jemanden gebraucht hatte.

„Wieso sitzt du hier eigentlich ohne eines von diesen intelligenten Telefonen, die alles können, außer gescheit telefonieren?", wechselte Hans schnell das Thema und fing an, den Tisch zu decken. „Deine Generation ist doch mit diesen Dingern verwachsen."

„Der Akku ist ständig alle. Ohne Strom macht man automatisch ein digitales Detoxing. Wenn es läuft, nutze ich es zum Musikhören. Ich habe kein Guthaben, deswegen bleiben mir alle digitalen Spielereien verschlossen, wenn ich nicht in einem freien WLAN bin."

„Verkauf dein Konzept an überarbeitete und erschöpfte Manager, die werden sich darum reißen."

Hans lachte über seine Idee und warf einen Blick zum Ofen. Er öffnete die Klappe, nahm die beschlagene Brille ab und prüfte mit einem Stirnrunzeln den Bräunungsgrad des Käses.

„Ich habe Hunger und würde sagen, das Essen ist fertig."

David hatte sich nach der letzten Entgleisung wieder gefangen, war aber nicht schnell genug, um Hans die Arbeit abzunehmen. Als er sich erheben wollte, stand der Auflauf schon auf dem Tisch und er nutzte die Bewegung, um sich richtig zu setzen.

Schweigend aßen sie und ließen nicht den kleinsten angebackenen Käsekrümel übrig.

„Das schmeckte genauso gut wie es roch“, stellte Hans fest, nahm die Serviette vom Schoß und knüllte sie auf den leeren Teller. David lächelte dankbar über das Kompliment und spürte wieder eine Schwere im Magen, die nicht nur von zwei gehäuften Portionen Auflauf verursacht wurde. Jeden Augenblick erwartete er, von Hans Fragen gestellt zu bekommen, die er nicht beantworten konnte. Jäh stand er auf und wollte sich um den Abwasch kümmern, aber sein Magen hatte andere Pläne. Eine neue Welle der Übelkeit überrollte ihn und er stürzte zum Bad. In letzter Sekunde erreichte er die Toilette und würgte, die Hände verkrampft am Porzellanrand. Es hatte ihm wirklich geschmeckt, vielleicht hatte er deshalb Warnsignale überhört und sich selbst überschätzt. Nachdem sich auch die bittere Magensäure nach draußen gekämpft hatte, sank David erschöpft zu Boden. Seine zitternde Hand berührte schwach die Klospülung. Angeekelt von seiner eigenen Schwäche schloss er die Augen. Ein Stimmengewirr in seinem Kopf übernahm die Kontrolle.

KAPITEL 21

Hans

Hans wusch ab und war erleichtert, eine Beschäftigung zu haben. Er war erstaunt, dass kein Geschirr zu Bruch ging, denn seine Aufmerksamkeit war bei den Geschehnissen im Badezimmer. Die Würgegeräusche waren bereits schwer zu ertragen gewesen, aber die folgende Stille sorgte ihn. Möglichst leise und vorsichtig bewegte er Geschirr und Besteck, um jeden Laut zu vermeiden. Schließlich gab er dem inneren Drang nach und schaute nach, wie es seinem Gast ging. Er klopfte an die Badezimmertür, aber es kam keine Reaktion. Er drückte die Klinke herunter. Die Tür war nicht abgesperrt und er betrat den gefliesten Raum. Eine böse Vorahnung befiel ihn, ohne dass er benennen konnte warum. Es war niemand im Bad und er wollte sich schon der Hoffnung hingeben, dass David leise ins Gästezimmer gegangen war, als er durch eine Lücke im Vorhang einen Schatten in der Dusche sah. Schlimmes befürchtend griff er nach dem Stoff und stockte bei dem Anblick, der sich ihm bot. David saß voll bekleidet auf dem Boden, beide Arme hingen schlaff an den Seiten herab. Der linke Unterarm war voller Blut und seine rechte Hand hielt etwas krampfhaft umschlossen. Eine Rasierklinge, herausgelöst aus einem Einwegrasierer, schnitt in die Handfläche und die Finger. Blut quoll zwischen den Knöcheln hervor. David war nicht mehr bei vollem Bewusstsein, sein Blick verklärt und er murmelte etwas, was Hans erst verspätet verstand.

„Gib mir einen Moment, ich mach gleich sauber."

Erschüttert wich Hans einige Schritte zurück und brauchte Zeit, sich zu sammeln. Er hatte Davids Zustand unterschätzt. Obwohl ihm Patienten im seelischen Ausnahmezustand durch die ehemalige Arbeit auf Station vertraut waren, war eine intensive häusliche Betreuung vollkommen anders. Unzureichend, gestand er sich ein. Er konnte das Blut wegwischen, ihm einen Platz zum Schlafen geben und zuhören, aber Davids Leben hing an einem seidenen Faden, der reißen würde, wenn er keine professionelle Hilfe bekam. Aber jetzt und hier gab es nur ihn, also stellte er seine Überlegungen zurück und machte sich mit einem Waschlappen an die Arbeit. Darauf bedacht, David nicht mehr als notwendig zu berühren, tupfte er vorsichtig das Blut ab. Behutsam säuberte er die Wunden und prüfte das Ausmaß der Verletzungen. Die Hauptarterien waren verschont geblieben, aber bei dem wilden Durcheinander tiefer Schnitte war das wohl dem Zufall geschuldet.

Hans wandte sich Davids Hand zu und löste achtsam die Klinge aus den Fingern. David reagierte nicht. Das Murmeln hatte aufgehört und die schwere Stille wurde nur von den Sprühstößen eines Desinfektionsfläschchens durchbrochen. Das Blut war noch nicht geronnen und die Wunden pulsierten weiterhin. Hans brauchte Verbandsmaterial, um den Blutfluss zu stoppen. Er hoffte, dass keine Nerven oder Sehnen verletzt und keine bleibenden Schäden entstanden waren. Narben würden zurückbleiben. Was hatte David so weit getrieben? Weswegen lebte ein junger Erwachsener in einer Ruine im Wald? War er überhaupt volljährig?

„Du solltest dich hinlegen. Hilf mir, dich aufzurichten, ich bin dafür schon zu alt", sagte Hans laut zu David und berührte ihn an der Schulter.

Davids Mimik zeigte keine Reaktion und Hans wollte schon seinem schmerzenden Ischias zum Trotz seine Kraftreserven mobilisieren, als David sich aus eigenem Antrieb aufrichtete. Mühsam und wackelig, aber mit Hans' Hilfe schafften sie den Weg ins Gästezimmer. David rollte sich auf der bezogenen Couch zusammen. Hans sank auf den Schreibtischstuhl und konnte den Blick nicht von Davids gekrümmtem Rücken abwenden. Die Gefühle und Sorgen, die er zurückgedrängt hatte, um Ersthilfe leisten zu können, brachen mit Macht über ihn herein. Eine Flut von Fragen gepaart mit Ängsten überwältigte ihn. Er dachte an die erste Begegnung zurück und Vorwürfe drängten sich auf. Hatte er Zeichen übersehen? Hatte er Verletzungen übersehen? Aber selbst in seinen Gedanken wich er der eigentlichen Frage aus: Hätte er alles verhindern können? Ja, David war wie heute dehydriert und hungrig gewesen, aber Hans hatte an ein ausgeartetes Waldgelage gedacht. Ein Unfall im Suff gefolgt von einer unfreiwilligen Nacht in der Natur. Ein Dämpfer, beim nächsten Mal vorsichtiger mit Alkohol umzugehen. Er war nicht auf die Idee gekommen, dass eine größere Leidensgeschichte dahinterstecken könnte. Auch jetzt wusste er nicht viel mehr, als dass David mittellos war. Allein und verzweifelt. Genug, um sich selbst zu quälen. Von der Couch drangen ruhige, gleichmäßige Atemzüge zu ihm, aber Hans war entschlossen, sich nicht noch einmal in Sicherheit zu wiegen.

KAPITEL 22

David

David spürte, dass Hans ihn sorgenvoll beobachtete. Ein Teil von ihm war anwesend. Allerdings war dieser Teil stumm, unfähig sich zu äußern oder zu reagieren. Scham lähmte ihn, weil er wieder schwach geworden war. Er konnte nicht sagen, welche Schwäche schlimmer war. Das Angebot des Anglers angenommen zu haben oder vor dessen Augen zu demonstrieren, dass er nicht lebensfähig war? Er hatte einen weiteren Menschen enttäuscht und sich nicht zusammenreißen können, um wenigstens das Wochenende durchzustehen. Er musste sich eingestehen, dass er zu keiner Illusion mehr fähig war. Die Imitation eines guten Sohnes für seine Mutter und eines guten Schülers für Lehrer und Mitschüler hatte ihn vollkommen ausgelaugt. Das Netz aus Spiegeln, in das er sich gehüllt hatte und das zurückgeworfen hatte, was seine Umgebung sehen wollte, war zusammengebrochen und ließ sich aus den Trümmern nicht mehr zusammensetzen.

Irgendwann musste er in den Schlaf abgedriftet sein, denn als er seine Umgebung das nächste Mal wahrnahm, dämmerte es bereits. Erleichtert stellte er fest, dass er allein war. Wahrscheinlich hatte Hans seinen Beobachtungsposten verlassen, als er merkte, dass er eingeschlafen war. Sofort drängte sich ihm der Wunsch auf, sich still und heimlich zurückzuziehen. Die Wohnung lag im Erdgeschoss und er könnte direkt durch das Fenster verschwinden. Aber er konnte nicht noch einmal wortlos jemanden zurücklassen, der ihm, ohne eine Gegenleistung zu verlangen, geholfen hatte. Seine Gedanken wanderten zu Finja und seinem unrühmlichen Abgang. Sein Benehmen war unterirdisch, rücksichtslos und unverzeihlich. Sein Blick schweifte zum Handy, das am Ladekabel hing. Seufzend startete er das Telefon, meldete sich bei Hans im WLAN an, dessen Kennung er vom Router unter dem Schreibtisch abtippte. Prompt erschien eine ungelesene Nachricht. Er war erleichtert, dass es nur eine war, und gleichzeitig verharrte sein Finger untätig über dem Touchscreen. Die Nachricht konnte nur von Finja oder Luke sein. Niemand sonst hätte einen Anlass, ihn zu kontaktieren. Er schob das Unvermeidliche nicht länger auf und tippte auf das Symbol der ungelesenen Nachricht.

„Bitte melde dich."

Drei Worte, die alles ausdrückten. Er bewunderte sie für ihre Disziplin. Er ließ die Hand mit dem Smartphone sinken. Reichte es nicht, dass sie zwei blaue Häkchen sah? Zugestellt und gelesen. Alles was sie hören wollte, war eine Lüge, und die Wahrheit war unaussprechlich und schmerzhaft. David griff nach seinem Rucksack und tastete ohne hinzuschauen nach seinen Kopfhörern. Seine Finger spürten festes Papier, irritiert zog er es heraus. Er erkannte den Flyer der Organisation, für die Milan arbeitete und die sich auf die Begleitung von Trauernden spezialisiert hatte. Davids Hand zitterte und das bedruckte Papier segelte zu Boden. Im zweiten Anlauf fand er die Kopfhörer und betäubte mit dem Album „Death Lust“ von Chastity seine Gedanken. Die Lautstärke war nicht wie üblich auf Anschlag gedreht, da er die Aufmerksamkeit von Hans nicht auf sich ziehen wollte, was aber den Effekt dämpfte. Er konzentrierte sich auf den Text, aber auch das half nicht, da die Liedzeilen seine Fragen spiegelten, anstatt ihm Antworten zu liefern. „High for a sec low for the next“ beschrieb das Auf und Ab, in dem er gefangen war. Eine Fahrt mit dem Riesenrad, die es ihm kurz erlaubte, die eigenen Probleme aus der Vogelperspektive zu sehen, bis es sich weiterdrehte und in dem Sumpf, aus dem er gekommen war, endete.

Aus einem plötzlichen Impuls heraus setzte David sich an den Schreibtisch. Während Gitarrenklänge um ihn wirbelten, begann er zu zeichnen. Er konnte nicht die richtigen Worte finden, aber er würde Bilder sprechen lassen. Zu Finja. Zu Hans. Zu sich selbst.

Dunkelheit umfing ihn, als er den Bleistift zur Seite legte. Eine Bilderserie lag vor ihm und er erlaubte sich, die Zeichnungen noch einmal zu betrachten. Die Bilder, die wie zu einem Film zusammengefügt in Dauerschleife abliefen, hatte er auf Papier gebannt. Er erlaubte sich nicht zu hoffen, sie damit aus seinem Gedächtnis zu tilgen, aber er verschaffte ihnen Sichtbarkeit, indem er zeigte, was er nicht aussprechen konnte. Die Zeichnungen für Hans ließ er auf dem Schreibtisch liegen und steckte die anderen Blätter in den Rucksack. Er öffnete das Fenster und setzt sich in den Rahmen. Der Wunsch zu flüchten, war weiterhin vorhanden, aber er besiegte ihn vorerst. Er wollte Hans nicht noch mehr enttäuschen. Bis zum Morgen musste er durchhalten. Am Fenster hielt er es aus. Die Luft war kaum merklich abgekühlt. Auch wenn er vom Tag nicht viel mitbekommen hatte, spürte er, dass die Hitzewelle anhielt. Tropische Nächte nannten die Wetterexperten das Phänomen in den gemäßigten Breiten, das sich nicht gezeigt hatte, als er fast schutzlos der Witterung ausgeliefert gewesen war. Wahrscheinlich hätte er trotzdem von innen heraus gefroren.

Die Türklinke wurde heruntergedrückt. David spannte sich innerlich und kletterte von der Fensterbank zurück auf den Schreibtisch. Einen Moment später begegnete er dem besorgten Blick des alten Mannes. Erschöpfung und Erleichterung spiegelten sich in seinem Gesicht, gemischt mit Angst.

„Guten Abend“, flüsterte David kaum hörbar. „Es tut mir leid. Ich hinterlasse überall verbrannte Erde und …“

Hans unterbrach Davids gestammelte Entschuldigung und war mit wenigen Schritten bei ihm. Unerwartet zog er ihn in eine schnelle, aber feste Umarmung. David spannte sich unter der innigen Berührung, wich aber nicht zurück. Überrascht stellte er fest, wie kräftig Hans war.

„Möchtest du … Kann ich …“

David schüttelte den Kopf.

„Ich habe alles, was ich brauche. Ich lass meinen Magen noch ein wenig ausruhen und warte bis zum Morgen. Ich verschwinde nicht ohne Abschied“, versicherte David. „Du kannst beruhigt schlafen gehen. Ich werde mir nichts tun.“

Hans schaute ernst und nickte. Ohne einen weiteren Kommentar zog er sich zurück. David war erleichtert. Er hatte die Zeichnungen mit seinem Körper verdeckt. Die

Bilder sprachen für sich und er wollte nicht mehr da sein, wenn Hans sie fand. Eine Skizze zeigte ihr zweites Zusammentreffen am See. Er selbst am Boden mit einem nassen Tuch zur Kühlung auf der Stirn und Hans als sein Wächter, ruhig und konzentriert auf seinem Faltstuhl mit einer tiefen Sorgenfalte zwischen den Augenbrauen. Du hast mich gerettet, war die Botschaft der Bleistiftstriche und David hoffte, Hans würde sie verstehen. Die zweite Zeichnung war ein Geschenk. Sie zeigte Birgit, deren Porträt er nach einem Foto gezeichnet hatte. Als kleiner Ausgleich zu dem Chaos, das er in dem Leben des alten Mannes gestiftet hatte.

David nahm die Kopfhörer vom Schreibtisch, kletterte wieder auf die Fensterbank und wählte eine musikalische Kulisse, die ihn durch die restliche Nacht begleiten konnte.

KAPITEL 23

Hans

Das Fauchen der Kaffeemaschine lockte Hans in die Küche. Die morgendliche Geräuschkulisse hatte ihn unendlich erleichtert. Er hatte in der Nacht unruhig geschlafen. Immer wieder war er aufgeschreckt und hatte jedem verdächtigen Geräusch nachgelauscht. Immer von der Angst begleitet, etwas Entscheidendes zu verpassen. Er wollte Davids Versprechen glauben, aber sein Bauchgefühl riet ihm, wachsam zu bleiben. Kurz nach Sonnenaufgang war David ins Bad gegangen und hatte sich frisch gemacht. Anschließend wechselte sein Gast in die Küche und Hans vernahm das typische Geklapper von Geschirr. Erinnerungen an seine gemeinsame Zeit mit Birgit überkamen ihn und er empfing sie glücklich. Er vermisste seine verstorbene Frau, aber er genoss jedes Wiederbeleben ihrer Erlebnisse und freute sich, wenn Geräusche und Gerüche Bilder in seinem Kopf lebendig werden ließen. Der Duft von frisch aufgebrühtem Kaffee war so ein Trigger schöner gemeinsamer Erinnerungen und zufrieden betrat er die Küche. Auch David wirkte gefestigt. Seine Bewegungen waren geschmeidig. Er trug wieder seine eigene Kleidung, was ihn weniger verloren aussehen ließ. Ihre Blicke begegneten sich und Hans sah, dass der mutlose Ausdruck einer gewissen Entschlossenheit gewichen war. Hans war froh, dass sich Davids Zustand gebessert hatte, ermahnte sich aber zur Vorsicht. Stimmungsschwankungen waren nicht ungewöhnlich bei Menschen in seelischen Ausnahmesituationen und bedeuteten auf keinen Fall eine spontane Heilung. Ganz im Gegenteil war höchste Wachsamkeit geboten und Hans wollte vorsichtig den Grund des Stimmungsumschwungs erfahren.

„Guten Morgen“, begrüßte David ihn schüchtern. „Ich hoffe, ich habe dich nicht geweckt.“

„Ich bin froh, dich hier so beschäftigt zu sehen“, antwortete Hans ehrlich und kurz driftete sein Blick zu dem zerschnittenen Arm. Die Haut war gerötet und wulstig, aber die Schnitte schienen nicht aufgekratzt zu sein. In der verletzten Hand hielt David einen Messbecher mit einer trüben gelben Flüssigkeit, die er langsam in eine erhitzte Pfanne goss.

„Besonders kreativ bin ich leider nicht, aber ich hoffe, du magst Rührei.“

Hans nickte aufmunternd und wollte den Tisch aufdecken, fand aber bereits alles an seinem Platz. Er schenkte Kaffee ein, trank einen Schluck und nahm Milch aus dem Kühlschrank. Er legte beide Händen um die wärmende Tasse und überlegte, wie er ein Gespräch beginnen konnte. In der Nacht hatte er bereits darüber gegrübelt, aber er war der Lösung nicht näher gekommen. Unerwartet nahm David ihm die Bürde ab und schnitt das Thema von selbst an.

„Ich weiß nicht, was gestern passiert ist. Es gibt Momente, in denen mich meine Gefühle überfordern und dann … seit einigen Tagen habe ich es nicht mehr im Griff", gab er zu und stocherte mit dem Pfannenwender heftig im Essen.

„Hat sich etwas geändert?", fragte Hans mit warmer Stimme und David zuckte hilflos mit den Schultern.

Hans beobachtete seinen Gast aufmerksam. Er konnte erkennen, wie David nachdachte, aber selbst keine zufriedenstellende Antwort fand. Nachdem sich das Gefühlschaos in seinem Blick legte, blieb nur Erschöpfung zurück. Wortlos trat David mit der Pfanne an den Tisch und richtete die Portion auf Hans' Teller an.

„Willst du nichts?", fragte Hans verwundert.

David nahm sich eine trockene Scheibe Brot und verneinte.

Sie aßen schweigend und beide mit gemindertem Appetit. Der Abschied lag bleischwer zwischen ihnen und Hans konnte das Gefühl nicht zurückdrängen, dass der Verlust ihn treffen würde.

„Du kannst noch bleiben."

„Nein." David schüttelte traurig, aber energisch den Kopf. „Ich bin eine Last, und auch wenn du helfen willst, muss ich die nächsten Schritte allein schaffen", flüsterte er und fügte hinzu: „Aber ich werde es versuchen." Sehr leise, aber mit einem Hauch Zuversicht in der Stimme.

KAPITEL 24

David

Davids Herz klopfte heftig, als er den sandigen Weg entlangfuhr. Es war noch früh und am Sonntag waren keine Menschen auf der Straße. Die Luft war bereits schwül und kündigte einen weiteren heißen Junitag an. Aber nicht die Hitze trieb seinen Puls in die Höhe, sondern das Haus, das in Sicht kam. Wenn seine Überlegungen aufgingen, saßen Finja und Luke mit ihrem Vater beim Familienfrühstück. Sie würden seinen Besuch nicht bemerken und er konnte seine Tasche gegen die Zeichnungen tauschen und wieder davonradeln. Unschlüssig, ob es wichtiger war, das Fahrrad für eine notwendige Flucht griffbereit zu haben oder sich leise anzuschleichen, blieb er stehen. Er nahm die Skizzen aus dem Rucksack, rollte sie zusammen und entschied sich für die sichere Fluchtvariante. Finja hatte auf die blauen Häkchen mit der Nachricht reagiert, dass seine Sporttasche im Carport stehe, und er hatte ihre Nachricht absichtlich nicht geöffnet, sondern nur in der Vorschau gelesen und dann den Offlinemodus des Telefons aktiviert. Er wollte mit niemandem mehr Kontakt haben. Die Illustrationen in seiner Hand zeigten ihr gemeinsames Sushi-Essen im Bungalow. Jener verhängnisvolle Abend, an dem er alles beenden wollte und der stattdessen alles verändert hatte. David hatte Finja gemalt, wie sie in der verwitterten Ruine auf der Isomatte saß, und ihr einen fast unmerklichen Glanz verliehen. Er selbst war mit dem Rücken im Bild, verloren und überrumpelt, wie er sich bei ihrem Auftauchen gefühlt hatte. Die Botschaft an sie war die gleiche wie an Hans. Er hoffte, sie würde zwischen den Bleistiftstrichen lesen können. Eine weitere Zeichnung zeigte die Zwillinge lächelnd Arm in Arm. Ein einfaches Dankeschön.

David lauschte in die Stille des Sonntagmorgens und hörte keine verdächtigen Geräusche. Problemlos konnte er die Tasche schultern und sein Andenken zurücklassen. Sein verräterisches Herz bäumte sich auf, weil er sich einen letzten Blick auf Finja erhofft hatte, vielleicht sogar eine Berührung, aber der Wunsch wurde verwehrt. Er verbot sich, einen Blick zum Haus zu werfen, machte kehrt und fuhr zu seiner nächsten Station. Er nahm die längere, aber asphaltierte Route. In gemächlichem Tempo fuhr er auf den Hauptfahrradwegen, doch auch ohne körperliche Überanstrengung schlug sein Herz heftig in seiner Brust. Seine Gedanken wanderten zu Hans und er fragte sich, ob der Angler seine Zeichnungen bereits gefunden hatte. Er war gleich nach dem Frühstück vom Tisch aufgestanden und hatte sich mit wenigen Worten verabschiedet. Er wusste, dass sich Hans mehr erhofft hatte, aber auch verstand, dass er nicht mehr geben konnte.

Seine Beine traten immer schwerer in die Pedale, als kämpfte er gegen einen unsichtbaren Widerstand. Er war froh über das leichte Essen am Morgen. Nachdem er an einem Waldstück am Standrand von Berlin ein kleines

Fließ überquert hatte, brauchte er an der Ampelkreuzung mehrere Anläufe, um die Straße zu passieren. Auf der anderen Seite angekommen, schrie in ihm alles danach, rechts abzubiegen und sich in dem ausgedienten Klinikgebäude zurückzuziehen, das versteckt durch hohe Kiefern hindurchleuchtete. In dem verfallenen Krankenhaus waren einst Mitarbeiter der Staatssicherheit exklusiv behandelt worden. Ein ausgedientes Patientenzimmer würde ihm dort bestimmt alles Wünschenswerte bieten. Mutig hatte er die Scherbe im Schließfach am Bahnhof zurückgelassen, als er heute Morgen seine Schlafsachen geholt hatte. Aber war es Mut, wenn man die Gewissheit hatte, überall Ersatz zu finden? David widerstand mit viel Mühe und schob das Fahrrad die letzten Meter bis zu seinem Ziel. Sein Gefühl sagte ihm, dass sein Gleichgewicht nicht ausreichte, um sich auf zwei Rädern zu halten.

Vor ihm kamen die imposanten Gebäude eines weiteren ehemaligen Krankenhauskomplexes in einem großen Park in Sicht. David betrat das Quartier durch ein großes geöffnetes Tor und fand sich vor einem Springbrunnen wieder, auf dessen Rand Hunde auf Kugeln balancierten. Er konnte sich nicht entscheiden, ob er verspielte Welpen vor sich sah oder grimmig dreinblickende Bulldoggen. Die dahinterliegende Villa schüchterte ihn mit einer zweistöckigen Front, Freitreppe und Säulenveranda ein. Auch wenn die Veranda mit bunten Windspielen und farbenfroh bepflanzten Blumenkästen aufgelockert war, strahlte das Haus etwas Herrschaftliches aus. Ein kleines unscheinbares Schild wies auf den Eingang um die Ecke hin, aber David verharrte, nicht in der Lage, der Aufforderung zu folgen. In Ermangelung eines Fahrradständers legte er das

Mountainbike auf den Weg, weil er weder die Fassade noch den Rasen beschädigen wollte, und setzte sich auf die unterste Stufe der Treppe. Um sich Mut zu machen und sich an seine Absicht zu erinnern, nahm er die Skizzen hervor. Die ersten Blätter enthielten Bilder für Torsten und seine Mutter. Nicht dass er die Absicht hatte, sie zuzustellen, aber er hatte eine stumme Botschaft für sie, die ihm jetzt schwarz auf weiß entgegenblickte.

Für Torsten hatte er die letzten Atemzüge von Alex illustriert: das Innere der brennenden Scheune und erstickt im Rauch ihr Körper, unweit von seinem unter dem herabgestürzten Balken. Sie war auf dem Rückzug gewesen, als die todbringende Luft sie in die Knie gezwungen hatte. Ihre Fingerspitzen berührten fast die seinen und zeigten, dass er sie beinahe erreicht und gerettet hatte. Sein Stiefvater hatte ihm nie die Möglichkeit gegeben, dies zu erklären. Zitternd schob er die Zeichnung unter den Stapel und fuhr zögernd über Alex' ebenmäßige Gesichtszüge. Ein Abbild, das ein glückliches Porträt seiner Stiefschwester zeigte. So sollte Torsten seine Tochter in Erinnerung behalten.

Für seine Mutter hatte er die Abschiedsszene vor zwei Tagen ausgewählt. Er hatte seine eigenen Konturen deutlich gezeichnet und sich einen ebenso kräftigen Schatten gemalt, um die Botschaft zu unterstreichen, dass er am Leben war. Nicht durchscheinend wie ein Geist. Außerdem eine gemeinsame Abbildung von Alex und ihm. Eine Wiedergabe des Fotos von dem Besuch im Vergnügungspark. Dieses Bild hatte ihn an seine Grenzen gebracht, weil er sich selbst ein Lächeln ins Gesicht hatte zeichnen müssen. Seine Mutter hatte sie beide als ihre Kinder gesehen und keinen Unterschied gemacht, deswegen sollte sie dieses glückliche Abbild als Andenken bekommen.

Die letzte Zeichnung zeigte ihn vor dem leeren Fensterrahmen mit der Scherbe in der Hand. Der Scheideweg, an dem er seit einigen Tagen gestanden hatte. Der Todeswunsch war immer noch tief in ihm, aber mittlerweile blitzte auch ein Funke Trotz auf, dass er doch noch eine Alternative finden könnte.

„Kann ich Ihnen helfen?"

Eine Frauenstimme schreckte ihn auf und jemand schaute über das Geländer zu ihm herab. Er erwiderte ihren Blick und zögerte, bis er kehlig antwortete: „Ja, ich brauche Hilfe."

Er biss sich auf die Zunge, wollte die Worte am liebsten sofort zurücknehmen, aber sie waren heraus, und im Blick der Frau sah er, dass sie ihn bereits durchschaute. Es gab kein Zurück mehr. Er war es Alexandra genau wie den Zwillingen und Hans schuldig, es zu versuchen. Es gab keine Garantie darauf, dass die Zukunft etwas Gutes bringen würde. Die gab es nie. Er wusste nicht einmal, ob er aktuell krankenversichert war und irgendein Anrecht auf Hilfe hatte, aber hier würde er es herausfinden. Er hatte sich entschlossen weiterzukämpfen.

Nachwort

Die Personen der Geschichte sind fiktiv, aber viele der Orte sind real. Sowohl der Bungalow, in dem David seine Nächte verbringt, als auch die Zufluchtsstätte, die er im Finale aufsucht. Es handelt sich um die Einrichtung TrauerZeit in Berlin Buch. Ein Verein, der sich um trauernde Familien kümmert. Kinder trauern anders als Jugendliche und Jugendliche anders als Erwachsene. Zusätzliche Facetten in der Bewältigung der Trauer bringen Themen wie Schuld und Schmerz, und eine individuelle Betreuung ist notwendig, um einen nachhaltigen Weg aus den Tiefen der Trauer heraus aufzuzeigen. Dieser Verein und ähnliche Hilfsorganisationen leisten wertvolle Arbeit und helfen, wenn Betroffene sich in einer ähnlichen Lage wie David befinden.

Wenn du ähnliche Gefühle in dir trägst, bitte ich dich, dir Hilfe zu holen. Versuche dich zu öffnen und sprich mit Freunden, Bekannten oder Therapeuten. Hilfe steht dir zu, und es ist keine Schande sie anzunehmen.

Telefonseelsorge
116 123
Rund um die Uhr

Nummer gegen Kummer
116 111
Jugendliche beraten Jugendliche
Montag bis Samstag von 14 bis 20 Uhr

0800 – 111 0 550
Elterntelefon
Montag bis Freitag von 9 bis 11 Uhr
Dienstag und Donnerstag von 17 bis 19 Uhr

Danksagung

Ich danke
allen WegbegleiterInnen,
allen UnterstützerInnen.

Ich danke
jeder helfenden Hand,
jedem helfenden Austausch.

Ihr habt Davids Geschichte wachsen lassen.
Ihr habt Details geliefert.
Ihr habt David ein Gesicht gegeben.
Ihr habt die Sätze geschliffen.

Ich danke
Dir,
dass du David auf seiner Reise begleitet hast.
Ihm durch seine dunklen Stunden gefolgt bist.
Eine große Hilfe wäre es, wenn du selbst aktiv wirst
und deine Meinung über Davids Geschichte teilst.

Danke!

kontakt@annemariebruhns.de
www.annemariebruhns.de

www.instagram.com/annemariebruhns

www.facebook.com/spANNEndbooks

Über die Autorin

Annemarie Bruhns ist Jahrgang 1985 und lebt in Brandenburg. Schreiben ist für sie die Flucht aus dem Alltag. Aber nicht in fremde, fantastische Welten, sondern zu den Problemen ihrer Protagonistinnen und Protagonisten, die nach Schicksalsschlägen im Leben ihren Weg suchen. Die Erschaffung und Entwicklung von Romanfiguren mit ihren Gefühlen, Träumen und Zweifeln ist ein einzigartiges Erlebnis und steht im Mittelpunkt ihres Schreibens.

IOSUA

Ein Leben im Schatten

Annemarie Bruhns

Joshua ist ein Krimineller mit Migrationshintergrund. Jedenfalls ist das der Stempel, der ihm aufgedrückt wird. Er selbst hat sich nichts davon ausgesucht. In Berlin geboren und aufgewachsen, versucht er seinen Namen Iosua ebenso wie seine rumänische Herkunft zu verdrängen. Aber sein Vater ist der brutale Kopf einer Diebesbande und Joshua steckt tief in einem Strudel von Unterdrückung und Gewalt. Als Taschendieb trifft er auf Isabelle. Wie ein Hoffnungsschein dringt sie in seine Welt voller Dunkelheit. Er kann ihrer Anziehung nicht widerstehen und erfährt zum ersten Mal Momente des Glücks. Doch sein Doppelleben ist gefährlich und ein erbitterter Kampf für seine Freiheit beginnt.

Ein sozialkritischer Roman mit einer fesselnden und berührenden Geschichte, die den Leser in Berlins Schattenwelt entführt.